「残
面白くなりそう
だったのにな」
JN067205
俺は反射的に
声がした方向を振り返る。
右手に杖を握りしめて——絶句する。
「危機感が足りねえ、今まさに
殺し屋に襲われたばかりだってのに。
まあ別に責められることっちゃねえか」
「とりあえず終わりだ。
——死ねよ」

ロニー・
F・ナラザリオ
「つまり、俺たちは
なぜ魔法を操れるのか、
ということです」
「私はいついかなる時も君を
正当に評価すると約束しよう」
ダミアン・
ハートレイ
マドレーヌ
「ご心配なく。ダミアン様は
正直言ってチョロいですわ」
「今日ここへ来たのは、
あなたに興味を持ったから
でもあるの」
シャローズ・M・
バーウィッチ

16年間魔法が使えず落ちこぼれだった俺が、科学者だった前世を思い出して異世界無双2

ねぶくろ

FB
ファミ通文庫

CONTENTS

ILLUST. HANAGATA

16NENKAN MAHO GA TSUKAEZU
OCHIKOBOREDATTA ORE GA,
KAGAKUSHA DATTA ZENSE WO OMOIDASHITE
ISEKAIMUSO.

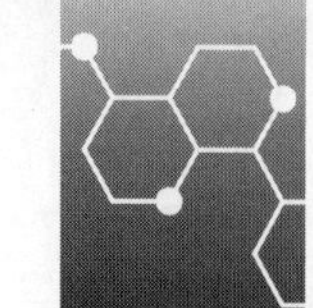

第一章　ナイフ

「雨、やまないね」

椅子に腰かけたヨハンが、振り向いて言った。

「……やまないなぁ」

それに対し、ベッドに寝転がり天井を見上げながら応える俺。

ナラザリオ領を統治する伯爵家の隅に用意された俺の部屋は、じめじめとした冷たい空気で満ちている。

魔術師、ダミアン・ハートレイが屋敷をあとにしてから四日経っても、雨はやまなかった。

ナラザリオは年間を通して温暖な土地ではあるが、今年に限っては、足元から這い登ってくるような肌寒さがあった。そんな中、いっこうにおさまる気配のない長雨の音を聞いていると、ついつい物思いにふけってしまう。

一切の魔法が扱えず、長らく存在そのものを無視されていた俺が、王都最高魔術師と接戦を演じ、あまつさえ氷魔法という未知の魔法を披露して見せたこと。

　そして、彼女が去り際に残した「王都へ来る気はないか？」という言葉――。

　俺が、魔法研究のため王都へ行く。

　それは考えれば考えるほど、実感のわかない提案だった。

　いずれヨハンを王都の魔術学校に入学させたいというのはかねてから母の望みだったが、無才ロニー・F・ナラザリオには遠く無縁の話で、自分は一生この土地で過ごすのだろうと、期待すらしていなかった。そこへ降って湧いた人生の転機。

　悩むなと言う方がどうかしている。

　ヨハンや両親には、この提案をまだ話していない。ダミアンが王都に戻ってから送ると言っていた手紙を待った方がよいだろうと思ったのだ。

　しかしそのせいで、俺は自分の一存では決められない問題について、一人で悶々と考える羽目になった。

　ヨハンが机の片隅に重ねられた資料をパラパラとめくりながら、口を尖らせて言った。

「――ねえ、寝てるだけなら僕と遊んでよ。せっかく可愛い弟が忙しい暇をぬって訪ねてきてあげてるんだからさあ」

「悪いが、気分じゃないと言っただろう」

「具合でも悪いの？」

「そういう訳じゃないが……」

「塞ぎこんじゃって変なの。せっかくみんなが兄様の活躍を喜んでるのにさ」

「…………」

ヨハンから見れば、さぞ奇妙に映るに違いない。

十六年間、暗然としていた俺の人生で、初めて他者からの評価というスポットライトが当たったのだ。本来はもっと浮かれて然るべきなのだろう。

しかし俺の胸の内を占めているのは、迷いや戸惑いばかりだった。

「あれからずっと雨続きで外にも出られないし、兄様はこんなだし、嫌になっちゃうよ。仕方ないからカーラでもからかってこようかな」

「やめてやれ。お母様から言いつけられてるんだろ、大人しく部屋に戻って勉強をしろよ」

「ずるいよ、兄様はぐうたらしてても全然怒られないのに」

「ぐうたらて」

「違うの？　あれから机に向かってる姿をほとんど見てないけど」

「む……」

弟の指摘通りだった。

王都最高魔術師との得難い経験を踏まえ、いっそう捗るかと思われた研究活動に、俺はまるで手が付けられていない。机に向かっても考えがまとまらず、本をめくっても文字は脳を通らずにすり抜けてしまうのだ。

事実、この四日間、俺はろくに何もせず惰眠ばかりむさぼっていた。

反論の思いつかない俺に対し、ヨハンがさらに文句を続けようとしたところで――、ドアがノックされる音がした。

「ロニー様、失礼いたします。ヨハン様を見かけていらっしゃいませんでしょうか」

ドアの向こうからメイドらしき声がかけられる。ヨハンの表情がにわかに引きつった。

「やっべ、兄様が勉強しろなんて物騒なこと言うから探しに来ちゃったじゃないか。ちょっと待って、タンスに隠れるから――」

「ああ、すぐ行くと言ってる」

「ちょっと⁉」

たちまちドアが開かれ、ヨハンは半ば無理矢理連れ戻されていった。「兄様の薄情者ぉ」と叫びながら引きずられていく弟の姿。脳内に流れるドナドナ。遠ざかる背中を見送っていると、さすがに多少の罪悪感が湧いてくる。

この長雨が勉強をさせるいい口実となっていることは確かだが、この間まで散々研究に付き合わせてしまったぶり返しが来ているという部分もあるだろう。

雨が上がったら訪ねようと思っていた丘の上の祠だが、この調子ではいつになるか分からない。

手紙を待つにせよ、雨上がりを待つにせよ、このまま無為に時間だけを消費するのはあまりに非生産的だ。

「……起きたことからいつまでも目を背けてる訳にはいかないか」

俺はパンと頬を両手で叩き、重い腰を上げることにした。

別に誰に向けた言い訳という訳でもないが、研究に手をつけることが億劫になっていたのは王都へ来ないかという提案で頭がいっぱいだったから、というだけではない。

湖で魔力が暴走した一件以降、魔法を使うことが恐ろしくなったのだ。

「……うじうじするなよ、ロニー。せっかく使えるようになった魔法にビビッてどうする。お前はこれから十六年間分を取り戻さないといけないんだぞ」

場所がどこであれ、既にこの先の人生を魔法研究に捧げることを誓っている。ならば、これは速やかにクリアするべきハードルなのだ。

俺は引き出しに押し込んでいた杖を手に取る。少し迷ったが、樹皮をはがした方の杖を選んだ。

杖を握ると——、否応なしに四日前の湖の光景が脳裏をよぎる。

湖の水がまるごと浮かび上がり、ザブザブという音を立てながら目の前で回転する様は、もはやトラウマとも呼ぶべきものになっていた。だが、それが深刻化する前に上書きをしなければ、今後研究などできようはずもない。

「そもそも科学とは、手に負えなかったものを人類が発展するために手なずけてきた歴史だ。ダイナマイト然り、拳銃然り、自動車然り。普通の魔法だって使いようによっては人を殺めることができる。技術や現象自体に罪はなく、要は使い手次第なんだ……」

俺はそう自分に言い聞かせる。

ダミアンが言い残した言葉も、そっと背中を押した。

『君なら心配ないだろう。仕事柄、人を見る目はある方でね』

杖を握る手に力を込めた。念のため窓を開け、誰もいないはずの裏庭へ杖の先端を向けている。

「――――」

手がやや汗ばんでいる。もしあの湖の出来事が再現されたらという嫌な想像が、頭にへばりついて離れない。

大丈夫。魔力を調整する方法なら既に知っている。湖で魔力が暴走した原因はただ一つ、魔力の放出口たるプテリュクスの枝の樹皮が取り除かれていたかどうか。その違いに気が付かなかっただけなのだ。

杖の先端がぽうと光った。

シュルルルルという音を立てて、水の粒が形を得ていく。

心臓がドクンと脈打ち、俺は半ば祈る（いの）ように目を閉じた。

瞬き（まばた）をすると――野球ボールほどの大きさの水の球が、静かに杖の先端で回転をしていた。

自然、口から安堵（あんど）の吐息が漏れ出る。

「どはあああああ、よかったぁ……」

水の球は少し大きくしようと思えばその通りになり、回転を速めようと思えばその通りになる。俺のイメージは、きちんと現実に適合したらしかった。

ただ、安心するとともに確かな変化にも気づく。

「やっぱりと言うべきか……、魔法を使うときの体感が前の杖の時とはまるで違うな……」

俺はそう呟(つぶや)きながら、樹皮が付いたままの杖に持ち替えてみる。そして全く同じように魔法を使ってみた。

水の球が生まれ、放物線を描くように外に放る。

「うむ。魔法を込める時に使う力が全然違う。新しい方が圧倒的に軽い。……いや、古い杖が重たいと言うべきなのか」

それは、考えてみれば至極(しごく)まっとうな事なのかもしれなかった。

枝の内部を魔力が多く流れているのならば、周りを覆う樹皮はそれが外に流れ出ないような役割をしていると見るべき。

つまり杖としての役割で考えた時には、皮を取り除いた状態が十全な状態なのだ。

魔法を素の状態で外に放出できない俺は、いわば蛇口のついていないタンクである。

そこに杖という蛇口をとりつけたが、実は錆び付いていて、無理矢理に水を出そうとしていたのが今までの状態。その錆が急に取れたので、湖で俺の魔力は制御が利(き)かなくなり暴走した——。

そう考えれば、一旦筋は通る……。要は蛇口の捻り方さえ間違えなければいい。爆薬を使うのにだって資格がいるのだ。

後は、果たして今の状態が本当に十全な状態かどうかの検証が必要。枝の形、長さ、樹皮の有無の加減、枯れ枝と若枝の差、使用による疲労ペース等々だ。

「しかし非常に感覚的な話だから、データを取るのが難しい……。同じ量の魔力を注げる確証があればいいが、いかんせん人間の匙加減……。でもまあ、いろいろな杖のパターンで一番使いやすいものを選定しておくのは、必ず今後の役には立つはず、だな……」

俺はそう呟きながら、机の上に杖の候補となる枝を並べる。

ここ数日間俺を内から責め立てていた不安や心配の元凶は、たったこれだけのことで取り払われたらしい。

そう思うとなんだか馬鹿馬鹿しかった。

「今後の、役に……」

俺はもう一度呟いて、口を噤んで首を振った。

王都への誘いは一度忘れよう。

考えるべきは、目の前にある事象のみ。あるか分からない未来に気を取られて、今がおろそかになっては本末転倒である。未来に期待を馳せる前に、足元の階段を踏み締めるべきだ。

そんな当たり前のことに遅ればせながら気づき、俺はようやく資料作成に没頭し始めた。

○

次の日、長かった雨が明けた。

窓から差し込む久方ぶりの陽光に目を覚まして頭を上げる。瞬間、ギシッという嫌な音が首元から響いた。

「…………ん……？」

俺はそこで自分がベッドではなく、机に突っ伏して寝ていたことに気が付いた。

「やっべ、涎が……」

慌てて口元をぬぐい、机の上を片づけ――ようとした。

しかし、書きかけだったはずの紙が見当たらない。床に落としてしまったのだろうか。

そう思い、机の下に潜り込んだ俺の背中に声がかけられる。

「……起きたか」

俺は驚いて、頭を机の下に打ち付けてしまった。

「お、お父様⁉」

振り返ればドーソンが窓際に立っている。その手には俺の書いた資料があった。

父がここにいる意味が分からず、あからさまに動揺する。

「な、なぜお父様が俺の部屋に……⁉」

「勝手に入ってはまずかったか？」

「いえ、そ、ういう訳ではありませんが……」

「朝食の席にまたお前の姿がなかったのでな、様子を見に来たのだ」

「そんなことで、わざわざお越しになられたのですか？」

「──というのは建前で、お前の魔法研究とやらに少し興味があったのだ。この前の食事会の話だけではよく分からなかったのでな」

ドーソンは狼狽える俺を横目に、資料を机の上にそっと戻す。

俺はまさか父に見せることになるとは思わなかったそれを、慌てて端に押しやった。

「ま、まだお見せできるほど大したものではありません。自分が読むために雑に取りまとめただけですから」

「たしかに多々理解の及ばない所はあったが、興味深い所も多かった。勉強が不得手だったお前の書いたものとは信じられないほどにな。子供とは知らぬ間に成長しているものなのだと驚かされた。これにもっと早く気付いていればな……」

ドーソンがわずかに目を伏せて言う。

「何故隠していた？　最近やけにヨハンと部屋にこもっているとは思っていたのだが」

父が言っているのは魔法の発現の事ではなく、おそらくこの研究自体の事だ。それは純粋な質問のようにも、半ば責めているようにも聞こえた。

　俺は一応のため用意しておいた答えのうちの一つを返すことにした。

「不信心だと、叱られるかもしれないと思ったからです」

「……なるほど。確かに、精霊の話が出て来ない魔術研究資料は初めて目にした。先日の手合わせを見ていなければ、到底受け入れられなかっただろう。故に、ああした場で披露するのがよいと判断したわけか」

「そ、そうです」

「…………」

　二人の間に何とも言えない沈黙が流れる。

　俺の始めた研究がこの世界の人々――、信仰の厚い人々などからは特に反発を買うだろうというのは、研究開始当時から懸念として存在していた。幸いドーソンはそこまで過敏な反応を示さなかったが、しかし研究を明かそうとしなかったのは、その点を心配しただけではない。

　その理由を、俺の中のロニーが悲痛に訴える。

　――これまであなたが、僕を見ていなかったからじゃないか。

　――僕が何をしようと、僕が何を考えていようと、一切の興味がなかったからじゃないか。

実際、ドーソンらの掌返し(てのひらがえ)な態度を非難したい気持ちもある。随分(ずいぶん)と都合がいいものだと言ってやりたい気持ちは嘘(うそ)ではなかった。

母のエリアなどはもっと分かりやすく、急に呼び方がロニーちゃんに変わったではないか。それ以外の使用人も結局は同じだ。ヨハンやカーラのように、魔法の使えない俺を認めてくれていた者はほんのわずかだった。

「……………私を、恨(うら)んでいるか？」

そんな俺の内心を見透かしたようにドーソンが問うたので、俺はどきりとした。

「恨む、ですか？」

「ああ」

ドーソンは短い問いに、それ以上言葉を足すことはない。

彼がどういうつもりでその問いを投げかけてきているのか分からない。

俺は改めて自問自答する。果たして俺は、目の前にいる父親を恨んでいるのだろうか。

よくも今までない者扱いしてくれたと、頭を下げさせれば満足するのだろうか。脳内でそんなシーンを思い描いてみた。

――だが、どうしてもそうは思えなかった。

「恨んでは、いません。俺は魔法が使えなかった頃も十分恵まれていたのだと思います。

寝る場所と食事を与えられ、好きに時間を使うことができた。それがなければ、今の俺もないんですから」

　飾る所のない俺の本心だった。感謝をしているとはとても言えない。だけれど別に恨んでいるわけでもない。ドーソンから「誇らしい」と微笑みをかけられた時、俺の心の中の凍り付いた部分が温かく溶けたこともまた確かなのだ。

　ならば、それで十分ではないか。今はそう思う。

「……そうか」

　ドーソンは小さく頷き、それ以上何も言わず俺の部屋を後にした。去り際かすかに振り返った父の表情によぎったのは、一体何だったろうか。

　しばらく閉まった扉を見つめていた俺は、腹が鳴る音を聞いて、はっと我に返ったのだった。

○

　朝食を摂り終え、俺は中庭から声がするのを聞いて様子を見に来てみた。

　声の主はヨハンだった。

「あ、兄様！」

　俺の姿を見るや否や、手に持っていた剣を放り捨てて駆け寄ってくるヨハン。それまで剣を交わしていたらしいジェイルも、俺に会釈をした。

「精が出るな」

「うん、もう汗だく！　でも雨が上がったおかげでやっと勉強地獄からおさらば……、そう言えば、昨日はよくも僕を敵に売ってくれたねぇ？」

「自分ちの使用人を敵呼ばわりするな。俺が言わなくてもいずれバレてたんだから、嘘をついて匿ってた方が聞こえが悪いだろうが」

「勉強を強要するあらゆるものは敵に他ならないけれど……、まあ寛大なる僕は許してあげるよ。なんか調子も戻ったみたいだし」

そう言ってヨハンはにかっと笑った。俺が何に悩んでいたかまでは知らないはずだが、なんだかもっと奥深くを見透かされているような笑顔だった。

「本当に母様ったらずっと部屋から出してくれなくてさあ。兄様が魔法を使えるようになってから特にだよ。兄様が寂しがってるから遊んであげなきゃ～って言っても、聞いてくれないんだ」

「俺が魔法を使えるようになってから？」

気になった部分を聞き返すと、背後のジェイルが代わりに答える。

「先日の手合わせ以降、エリア様の教育熱がまた盛り上がったのでございましょう。なにせ王都最高魔術師に太鼓判をいただいたのですから」

「まったく、思わぬ弊害だよ」

やれやれと、ヨハンがわざとらしくため息をついてみせる。

「今日はもう休憩か？」

「そだね。そうしよっか」

俺はヨハンに手を引かれ、横並びで芝生に腰かける。空を見上げると一かけらの雲もない突き抜ける青空。本当に昨日までの長雨が嘘のようである。

俺が久方ぶりの陽光を堪能(たんのう)していると、ヨハンが横腹をつついてくる。

「ねえ、兄様。ちょっと見て欲しいものがあるんだけど」

「——ん？」

「水魔法をね、また一人で練習したんだ」

「ほう、そりゃあ構わないが……、しかしせっかく休憩するところだったのにいいのか？」

「いいのいいの」

ヨハンは座ったままで腕を伸ばし、慣れた動作で右手に魔力を込め始めた。

しかし、すぐに現れるはずの水の球はなかなか姿を現さない。だがヨハンは唇(くちびる)を結び真剣そうである。しばし見守っていると——、手のひらの先にわずかにきらめくものがある事に気がついた。

「ん」

俺は思わず顔を寄せる。日の照る屋外という事もあり、細かな光の粒は肉眼でははっきりとは分からない。しかし確かに、何か変化が起こっている。

これは――――。

「…………………どぁあ、駄目だー！　限界！」

俺がさらに近づいて目を凝らしたところで、ヨハンは限界だというように後ろに転がった。俺は尋ねる。

「今のは……？」

「あ、見えた？　部屋の中だったらもっと分かりやすかったんだけど」

「もしかして、氷の粒か？」

ヨハンは頷いた。

「そういう事だと思う。一週間くらい前から寝る前に氷魔法を練習してたんだけど、なかなかうまくいかなくてね。あえて、水をボールにする前の段階で固めてみるように意識してみたの。そしたらちょっと進歩があったんだ」

「なるほど、そういうことか……。空気中の水分子をあえて魔素で増幅させず、魔素は魔素のまま停止させれば、周りの水分子も止まる。意識する対象が魔素だけな分かりやすいのかもしれないいな」

「……まあよく分かんないけど、多分それ」

「毎度、お前の発想力には驚かされる」

俺が素直に称賛の言葉を向けると、ヨハンは満足そうに笑った。

「はあー、とりあえずこれが途中経過ね！　こうご期待！　ジェイル、ごめんだけど飲み物を持ってきてほしいな」

　ヨハンが手を上げてそう言うと、やや離れたところに立っていたジェイルは頷き、屋敷の方へと戻って行った。

「でもこれ、すっごい疲れるんだよね、何でだろう」

「おそらく慣れない魔力操作だからだろう。体に染みついた手順に抗っているようなものだからな」

「なるほど。つまり慣れればいいわけか。じゃあまた練習だなあ」

「お前が勉強熱心でお兄ちゃんは嬉しいよ。座学の方もそのくらい楽しんでやればいいんだがな」

　俺はそう言って、ヨハンに倣うように芝生に寝転がった。

　少し意地悪な物言いに文句が返ってくるかと思ったが、返ってきたのは予想外の反応だった。

「じゃあ兄様が勉強を教えてよ」

「……………俺が？」

「そ。それなら頑張ってあげてもいいよ」

「頼みごとをする態度かそれが。しかし、俺にお前の勉強が教えられるかな。今何をやってるんだ？」

「数学」

「あー……、ならできなくはない、かな？　見てみないと分からないが」

「兄様が分からなかったら、僕が教えてあげるから」

「それはもはや訳が分からない」

ヨハンは身を起こし、「いいじゃんいいじゃん」と言いながら、俺の体をゆさゆさと揺らした。

「分かったよ、分かった」

「やったぜ‼　兄様大好き‼」

○

結局その日の午後は、ヨハンの部屋で一緒にお勉強をして過ごすことになった。幸い俺の前世の知識の範囲内だったので、兄の面目は辛うじて保つことができたが、もうすっかり夕方だ。

俺は日暮れまであと何時間猶予があるだろうかと、急ぎ上着を羽織った。そこへ、控えめにドアをノックする音が聞こえる。替えのシーツを抱えたメイドのカーラだった。

「失礼いたしま……、あ、あれ、ロニー様、どこかへお出かけですか？」

「ああ、ちょっとな」

「どちらへです？　もうすぐお夕食ですよ」

「ええと……」

精霊の祠へ――、と言いかけて思いとどまる。今の俺は、以前のようなどこで何をしていても構わないお気楽な身分ではなくなっていたからだ。ヨハンほど過保護ではないが、食事の席に参加しなければ叱られるし、夜にもきちんと部屋にいるかどうかを確認される。行先を告げたせいで、祠の中で独り言を言っている場面を目撃されなどしたら面倒この上ない。

「少し疲れたから散歩してくるだけだ。すぐ戻るよ」

俺がそう適当に誤魔化すと、カーラは特に疑問を持つ様子もなくフンフン頷いた。

「今日はヨハン様のお勉強に付き合っておいでだったそうですからね。お疲れ様でございます」

「まぁ、あいつには散々協力してもらったから、恩返しという意味では足りないくらいだ」

「氷魔法はお二方の共同研究成果でもありますからね」

「それで言えば、カーラにもお礼を言わないとな」

「――へ？」

キョトンとした顔を浮かべ、こちらを見つめるカーラ。俺はその鳩が豆鉄砲を食らったような顔に思わず笑ってしまう。

「カ、カーラですか？」

「当たり前だ。カーラにも随分手伝ってもらっただろう？」

「え、あ、いえそれは……、し、使用人として当然のことですので」

「たとえそうだとしても、嫌な顔もせず俺なんかの世話をしてくれて有難いと思ってる。これからもよろしく頼むよ」

「な、な、おやめください、そんな、急に……！　うう。そうです、そうでした！　シ、シーツを替えなければ……」

　カーラは顔を赤くし、誤魔化すようにベッドのシーツを取り外し始めた。

　実際のところ、ただ一人の人間として接してくれたというだけで、俺がどれほど救われていたか。どれほど支えられていたか。どれほど感謝しているか。

　それを言葉で伝えきることはできないだろうが、せめて何かお礼はしてやりたい。そう思って俺は、カーラの背中に尋ねた。

「そうだ、何か食べたいものとかないか？」

　すると、恥ずかし気に顔を逸らしていたはずのカーラが勢い良く振り返る。

「――どういう意味ですかそれは⁉」

　カーラは振り返ったのみならず、目をキラキラさせながら猛然と駆け寄ってきた。その勢いに俺は思わず一歩退く。

「ど、どういう意味って、言葉通りの意味だよ。なにか今度、ご馳走でもさせて欲しいと……」

「大盛ローストビーフ丼が食べたいです」

「大盛ローストビーフ丼⁉」

「ご存じありませんか？　つい先日できた軽食屋の看板メニューで、とても一人では食べきれないほどの量があるんです。一度窓の外から覗いたことがあるのですが、それはもうさながら山のようでございまして、それ以来瞼に焼き付いて離れません。どれくらい離れないかと言うと、連日夢に見るほどです」

「そ、そんなのがあるのか」

「左様でございます。あれがもし食べられたらカーラは死んでもよいと思っています」

「ローストビーフ丼に命を懸けるな……。分かった、参考にさせてもらう」

俺は頭の中のメモにそう書き記し、ドアノブに手をかける。

「じゃあ、夕食には間に合うように帰るから」

「かしこまりました。日暮れが早まっておりますのでくれぐれもお気を付けください」

「分かった」

「あと、念のためですが、例のメニューはランチ限定なので、もし今訪ねて行っても提供していないと思われます。あとお持ち帰り可能とも書いていなかったので、カーラを内緒で喜ばせようとしても徒労になってしまう可能性が……」

「飯の事となると途端に図々しくなるな⁉」

○

夕暮れの風が俺の足元を吹き抜けた。

視界に映るものすべてが赤く染められている。

俺は祠へと続く林道を登っていた。

ヨハンとのお勉強会が一段落し、俺は適当な理由をつけて屋敷を抜け出した。せっかく雨が上がったのに、セイリュウの元を訪れるのがこんな時間になってしまったのは申し訳ない。

せめてもの慰めに鞄に数冊の本を持ってきたのだが、歓迎されるかどうかは微妙だ。自分以外がどんな本を面白いと思うのか、よく分からないからである。

「……しかし、今日も今日とて人影はないな。まあ、こんな人里離れた丘の上ではしょうがないが、あいつが寂しがるわけだ」

林道を抜け、丘の上に出る。

丘の上の大岩が夕日を受けて、黒く濃い影を落としていた。日中のさわやかな印象とも違って、また幻想的だ。

膝丈ほどの草をかき分けて進みながら、俺は自分が少しウキウキしていることに気が付いていた。セイリュウに報告しなければいけないことが、両手の指に余るほどできたからだろうか。

まずはお披露目がうまくいったこと。王都最高魔術師と手合わせをした事。湖の事。王都へ来ないかと言われた事。そうだ、ヨハンに驚かされたことも話してやろう。

あとは、父と母と一応なり折り合いがついたこと。甘いとかなんとか文句を言われそうだが、こればかりは家族の事だから仕方がない。

そう言えば他の属性の魔法について、セイリュウはどのくらい知っているのだろうか。ダミアンの魔法を目(ま)の当(あ)たりにしたことで、水魔法以外にもがぜん興味が湧いてきているので、一度まとめて聞いておきたいところだ。もし王都に行くことになったら、ここへはそうそう帰って来られないかもしれないし。

「いや、だから気が早い。まだ決まってないんだって」

考えまいとしても勝手に膨らんでしまう期待感に、俺は何度目か分からないツッコミを入れる。

無邪気に喜ぶロニーを、山田陽一(やまだよういち)が呆(あき)れながら宥(なだ)める場面が浮かんだ。だが困ったことに、優勢なのはどうやらロニーの方らしかった。

『いいじゃないか、浮かれたって。むしろ今浮かれなくて、いつ浮かれるって言うんだ。だって、これから全部うまくいくんだよ。魔法が使えるようになって、お父様やお母様にも褒められて、王都最高の魔術師にスカウトされた。僕らの人生はこれから始まるんだ』

「いいや、分かってない。人生ってのはいつどこでつまずくか分からないんだぞ。どれだけ慎重になってもなりすぎるということは――――、

ズブ。

……、え」


声が漏れた。

背中に焼けるような感触があり、俺の足が止まる。振り返ると、やけに暑そうなコートを着た人影が立っていた。

表情は見えない。

何故ならそいつは仮面をつけていたからだ。

足に力が入らなくなり、俺は糸が切れたようにその場に倒れた。

その衝撃で辺りに飛沫（しぶき）が飛ぶ。

夕日のせいでよく分からなかったが、赤黒い液体だった。

そしてそれはどうやら、俺の背中から流れ出ているらしかった。

「――――」

そう意識した途端、痛みと呼ぶにはあまりに可愛い程の激痛が体を走った。慌てて痛

みの元に手を伸ばすと、取っ手のような物が指に当たった。

思わず身を捩（よじ）った瞬間、打ち所が悪く【痛みの原因】がより深くに突き刺さる。

「――――ぁあ、があっ!!」

視界が明滅する。

「ぁぁああああああ、ああああっ……!!」

俺は今までの人生で味わったことのない感覚に、全身を打ち震わせた。

体の中に異物がねじ込まれた感触に脳が緊急信号を放つ。汗が噴き出し、全身の毛が逆立ち、心臓が別の生き物のように暴れていた。

とにかく、この【痛みの原因】を排除しなければいけない。その一心で俺は背中から【それ】を引き抜いた。

「――――ッ!!」

そこまでやってようやく、それが刃渡り十五センチほどの鋭いナイフだということに気付いた。

ならば抜くのは逆効果だ。

しかし抜いてしまったものを、刺し直すわけにもいかない。

風にそよぐ草原の上にどす黒いナイフが転がり、俺の背中から噴水のように血が飛び出した。見る間に地面に水たまりができた。

仮面の男《たち》が黙って俺を見下ろしていた。

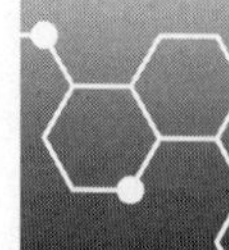

第二章　仮面の男たち

「おい、バーズビー」

「…………」

「おい！　バンナビー・バーズビー!!」

「ん。なに？」

「馬鹿かバンナビー・バーズビー、馬鹿なんだなバーズビー可哀そうに。やるなら首だろ。中途半端なところ刺しやがって、死ぬまで時間かかんじゃねえか、可哀そうによ」

「…………だって。わざわざこんな遠くまで来たのに。すぐ殺しちゃあ勿体ないだろ？」

「勿体ないも何もねえんだよ、バーズビー。俺らは金を貰ってるんだからな？　いかにスマートに無駄なく仕事を完遂するか、それが重要なんだなぁ、分っかんねぇかなぁ」

「そうか。それもそうだ。確かに君の言う通りだな。スピン。僕が間違ってた。次から気をつけるよ」

「わかりゃあいいんだ、バーズビー。俺は賢い子が好きだぜ。さぁ、分かったら早く息の根を止めてやるんだ、可哀そうにな」

「でもさ。もうちょっと見ててもいいかい？　せっかく死ぬんだからさ。眺めてたいんだ。もう少しだけさ」

「このゴミカスが!!　話を聞いてねえのか、バンナビー・バーズビー!!　死ね!!　てめえが死ね!!　早くこいつを殺して、デリバリー・マーチェスの所に合流するんだよ!!　眺めてていいわけねえだろ!!　頭が可哀そうな奴だなてめえは!!」

「いたっ。いたい。分かったよ。でもさ。あんまりにもあっさりしてるからさ。だってアイツが殺し損ねたんだろ？　それに随分な魔法をさ。使うって聞いてたからさ。ちょっと楽しみにしてたんだけど。拍子抜けだよね」

「ばっかだな。人間なんざ一刺しでもすりゃあ大概黙るもんなのよ。本とかじゃあ随分簡単に切った張ったの派手なドンパチを書きたがるがなあ、それはナイフの一つも刺されたことがない奴らが書いたからなのさ。可哀そうにな、想像力不足を派手な妄想で補っているんだなあ。しかも金持ちのボンボンは余計にそう、屋根のついた部屋と暖かい布団で守られて、箸より重いもんを持ったことがないんだ。可哀そうに。だからせめて楽に死なせてやるのが、親切ってもんなんだよ」

「そうか。スピンは本が読めるんだな。すごい」

「……はあ、てめぇどこに感心してんだバーズビー。まあいい、おめえは馬鹿だからしょうがねえさ。だが本くらい読めなくちゃいけねえぜ？　もうお前も十九になるんだからな？」

「本を読む前に字が読めないから仕方がないんだよ。でも最近数を数えられるようになったんだ。だって殺した人数が分からないと困るだろ？」

「おいおいバーズビー、てめぇ数が数えられるようになったのか！　すげえじゃねえか。人生は日々勉強だぜ。いずれ文字も読めるようになるかもしれねえ。じゃあおい、問題だしてやろう。俺がいくつだか覚えてるか？」

「うん。もちろん覚えてるよ。十五だろ？」

「そうだ。じゃあ十九足す十五はいくつだ」

「えーとね。三十四」

「…………おいおい、本物じゃねえか!!　バーズビー!!」

「正解？　すごい？　僕すごい？　ねえスピン」

「正解だよ。二桁の足し算ができりゃあ大概のことはできるぜ。一人でお使いにだって行けるし、賭けで負け分をちょろまかされることもねえ」

「お使い？　ほんと？　一人で？　マーチェスが許してくれるかな？　僕行きたいところがあるんだ。ずっと行きたかったところがあるんだ。恥ずかしいんだけど」

「バーズビー、誰にも言わねえから俺に言ってみろよ。俺とお前は家族、そうだろ？なあ、バンナビー・バーズビー」

「劇場にさ。行ってみたいんだ。この前ポストにビラが入っててさ。きれいな女の人が

歌ってる絵が描かれてたんだ。あれ行ってみたいなあ。あの人を殺したらきっときれいだろうなあ」

「よおし、俺がデリバリー・マーチェスに一緒に頼んでやるよ。でもそうだな。劇場に入るんだったら入場料を払わなきゃならねえ。そしたらおつりをちょろまかされないように、引き算を覚えなきゃいけねえなあ」

「引き算は足し算と何が違うの？　足し算より難しい？」

「簡単さ。逆にすりゃあいいだけだ。例えば五の人間がいるとするだろ、そのうちの二を殺したら生きてるのはいくつだ」

「待ってよ。指を使って数えるから。これが五だろ。それで二つ死ぬんだ。あ。三本だ。三本だよスピン」

「おいおいおい、いよいよ今夜はパーティだな‼」

「ちなみに。足し算なら指を使わなくても数えられるんだ。今日で殺したらちょうど二百三十七人目になるんだ。きっかり二百三十七。今夜はパーティ。だね？　スピン」

「そうだな、バーズビー。だからさっさと殺しちまおう。仕事を済ませて早く帰るんだ、いいな？」

「わかった。あれ？　…………あいつ。どこ行った？」

「…………あ？」

○

とめどなく流れる血に、意識がどんどん遠のいていく。

まるで氷水にでも浸けたように手先が冷たい。

魔法を。早く魔法を使って何とかしなければ。

杖は鞄の中に入れてきたはずだ。早く取り出さないと――。

頭ではそれを理解している。

だが俺はそれができなかった。

魔法を使えば状況を打開できるかもしれない。立ち向かえば勝てるかもしれない。

しかし本能的な恐怖が、逃げることを選んだのだ。

実際のところ、既に感覚の失われつつある指先では杖を探し当てる事さえ難しい。そんなことをしている間にもう一度刺されたら、あるいはそれこそ、魔法を使われたらどうする。そう考えたら、なおさら恐ろしくなった。

もはやこの震えが痛み故なのか、それとも恐怖故なのかさえ分からなかった。

「…………ッ……！」

俺は必死に声を抑えつけ、草むらの中をはいずり、とにかく逃げた。

口の端に血の泡が溜まる。

夕日がやけに眩しく目に刺さって焼けそうだ。

だが構わない。まるで芋虫のようにみっともなくとも、俺は逃げた。

——何だあいつは。

いや、何だあいつらは。

定かではない意識で遠くに会話を聞いたが、支離滅裂で訳が分からなかった。人にナイフを突き立てておいて、傍らで与太話に興じる意味が分からない。神経が分からない。気味が悪い。気持ち悪い。

訳が、分からない。

物取り？　山賊？　人気のない所で、上等そうな服を着た者を襲っている輩だろうか。俺が今持っているのはせいぜい古本くらいだ。もしかして荷物を開けて見せれば、諦めて帰ってくれるだろうか。いや、あいつらは多分、理屈や話し合いでどうこうなる奴らではない。出会った瞬間に踵を返して逃げるべき奴らだ。

ナイフを刺された事ではない。

趣味の悪い仮面をつけて、素性を隠している事ではない。

会話が支離滅裂な事ではない。

それ以上の何か分からないものが、俺の本能的な恐怖を掻き立てるのだ。

俺はとにかく、体をよじって進む。

体勢を低くし、草の陰に隠れるように進む。自分がどれほどの速さで動けているかは分からないが、とにかくこれが今の全速力だった。あいつらが俺の姿を見失ってくれることを祈り、ひたすらに、ただひたすらに逃げた。

ナイフは俺の背中に深々と突き刺さり、もしかしたら内臓にも届き得ているかもしれない。血と一緒に流れ出てはいけないものも流れ出ているような気がする。

痛い。痛い。痛い。こんなに痛いことがこの世にあるのか？　もしかしてこれは、死ぬよりも痛いんじゃないだろうか。おまけに傷口が焼けるように熱い。手足が凍りそうなのに、傷口が熱いのだ。もう何も分からない。

訳が分からな過ぎて、涙が出てきた――。

「逃げても無駄だぜ、ロニー・F・ナラザリオ」

「――――」

背後で声がした。

気づけば俺は、仮面の男二人に姿をさらしていた。

気づかぬうちに丘の端、体を隠してくれる草原から抜け出してしまっていたのだ。

「随分と頑張って逃げたもんだなぁ、ガキの癖に根性あんじゃねえか。悪くねえぜ、そういうの。この夕焼けじゃあ血の跡も目立たねえし、もうちょっとで見失ってたかもしんねえ。頑張ったが惜しかったよ、可哀そうにな」

男たちは仮面の向こうから確かに俺と目を合わせ、ゆっくりとした足取りで近づいてきている。

「ごめんよ。ごめん。ナイフは使い慣れてなくて、うまく刺せなかったんだ。ごめん。ホントに反省してるよ。次はしないから」

「バーズビーもこう言ってんだ、許してやってくれ」

一歩先を歩いているのが背の小さい仮面の男。その後ろの背の高い仮面の男が、俺にナイフを刺した方だ。

「お、前たちは……、なんだ……ッ」

俺は二人に向かって叫んだ。

だが、腹筋に力が入らず蚊の鳴くような声しか出ない。

「ん？　俺たちか？　そうだなあ、名前を聞く権利ぐらいお前にもあるよな。よし、俺はスピン。こいつはバンナビー・バーズビー。よろしく」

「バンナビー・バーズビーだ」

「違う……ッ、なんで、俺の名前を知ってて、俺を殺そうとするのか、聞いてるんだ……！」

俺がそう問うと、スピンと名乗る背の小さい方が首をかしげる。その動作は服装も相まってまるでパペットのようだ。夕日を受けて並び立つ二人の姿は、非日常感を無限に加速させていた。

「そりゃあ、おめえ、依頼されたから殺すんだよ。じゃなきゃこんな暑苦しい格好をして、こんなクソ田舎までくるわけねえだろ。何日もかけてよ」

「依頼、だと……？」

「そう、依頼さ。てめえを殺したい誰かがいたんだな」

スピンは可哀そうにと首を左右に振る。

俺は告げられた事実に、言葉を失った。

「残念だが依頼主についちゃあ俺らも知らねえよ？　デリバリー・マーチェスは俺らにはそういうのは言わねえから。どうしても知りてえってんなら呼んで来てやりてえが、あっちはあっちで忙しいだろうしな――」

知らない名前を引き合いに出したスピンは、首を捻ってふと違う方向を見た。それはまるで、そのデリバリーなんちゃらという人物が、そっちの方向にいるはずだと言わんばかりの所作で――。

「――⁉」

直後、視線の先に何があるかを理解し、戦慄した。

ナラザリオ邸だ。

ヨハンやカーラ、父や母らがいる屋敷である。

こいつらが殺し屋か何か、少なくともそれに準ずる輩だとして、その一派がどうしてうちの屋敷の方向にいるんだ。あっちはあっちで忙しいとは一体――。

「あ？」

「？」

仮面の男たちが声を漏らした。

唐突に俺が右腕を動かしたからだ。それは、俺にとっても驚きだった。ヨハンたちの顔が脳裏をよぎった瞬間、とうに感覚のなくなって、恐怖に震えるだけだった腕が鞄を目指したのである。胸の内に湧いた何かが、恐怖を凌駕（りょうが）したのである。

男たちの視線が俺から、上空へと移る。そして仮面の奥で目を開いた。

「――おいおい、おいおいおいおいおいおいおいおいおいぃ!! なんだこりゃあ、なんなんだこりゃあよおぉ!!」

「あ。あ。あ」

○

水魔法とは操れるだけの魔素（まそ）を、空気中の水分子に変身させる魔法だ。少なくとも、俺はそう理解している。そして、それは目の前にある水を操ることとは似て非なるものだ。ヨハンなどが普段やって見せているのが前者で、湖まるごと浮かべてしまった暴走事故が後者である。

では果たして魔術としての難易度が高いのはどちらだろうか。答えは前者。何もなかったはずの場所に水を生み出しているのだから、当然と言えば当然かもしれない。

ともかく――、繊細（せんさい）な魔力調節などできるはずもない状況で、ありったけの魔力が注ぎ込まれた結果生じたのは、プール一杯分ほどの水の球だった。

「――――」

俺の体に、俄かにアドレナリンが巡り始めたのを感じる。さっきまで痛烈に死を予感させていた背中の痛みが遠のき、指先にも血が届くようになった。

これならいける。

俺は半ば自分に言い聞かせるようにして、引き続き杖に魔力を注ぎ込んだ。

巨大な水の球を空中に浮かべたまま、今度は、上下左右に動き回る水分子を、魔素ごと停止させにかかる。脳内できれいなハニカム構造に整列した分子たちを想像すると、水の塊は強烈な冷気を放つ氷塊へと姿を変え――、空から降ってきた。

目の前の男たちが驚きの声を漏らす。

当たり前だ。これはかの王都最高魔術師をも驚かせた、未知の魔法なのだから。

巨大な氷塊が真っ直ぐに下降してくる様はもはや隕石。その光景は誰しもを戦慄させる迫力を有している。

だから俺は氷塊の内部に亀裂を走らせ、いくつかの欠片に分解させた。すると菱形の鋭い氷の刃が無数に生まれ、仮面の男たちの頭上に雹のごとく降り注ぐ。

その一つが、ザクリという音を立ててスピンの腕に突き刺さった。

「があっ……‼　いてえええ、なにっすんだてめえ‼」

スピンが俺に向かって怒りに吠える。だが彼の体は抵抗する間もなく無数の氷の礫の雨に叩かれ、切り裂かれていく。さぞ痛いだろう。言ってしまえば、空からナイフが降り注いでいるのに等しいのだから。

「どぉあああああああああ、があああっ！　ごふっ！　ぶう……！」

「うっ。いたい。いたい。やめてよ。いたい。いたいよ」

「バーズビー‼　何やってんだ馬鹿、早く防がねえか‼」

「や。やってるよぉ。でも。関係なく貫いてくるんだよぉ」

「――んだそりゃ！　ち、くしょぉ。死にかけの芋虫がよおおお‼」

「いたい。いたい。いたい。いたい。ごめんなさい。ごめんなさい。ごめんなさい。ごめんなさい。ごめんなさい。ごめんなさい。ごめんなさい。ごめんなさい。ごめんなさい。ごめんなさい。ごめんなさい。ごめんなさい――」

氷の雨の向こうから阿鼻叫喚の声が聞こえる。

数十秒後には、およそ形勢は逆転していた。

どちらがより重傷を負っているかは見比べるまでもなく、仮面男の大小はそろって地面に転がり、痛みにのたうちまわっている。特に手足の袖の部分はズタズタで、切り裂かれた肉が夕日に晒されていた。

致命傷を避けられたとしても、筋が切れてろくに歩けはしないだろう。

「…………っ、はあ！　はあ……！」

腕の力を抜いた瞬間、乱れた息が漏れる。同時に激しい立ち眩みに見舞われた。アドレナリンのおかげで痛みは誤魔化せているが、失われた大量の血液はどうしようもない。目の前の男たちをどうするにしろ、屋敷に戻るならば、いまだお構いなしに血を吹き出し続ける傷口を何とかしなければいけない。要は一時的にでも血を止められればいい。そう考え、俺はもう一度杖を握り直す。

思いついた方法はこうだ。

まず魔力空間を傷口の周りに生成し、そして破れた皮膚の代わりになるようなイメージで血に働きかける。

無論、ぶっつけ本番でそう上手く行くはずはない。だが少なくとも、魔力空間を形成したことにより、ひたすらに血を失うという状況だけは回避できたようだ。

あとは精密に魔素の動きをイメージする。魔素で柔らかく丈夫な壁を生み出して傷口を覆う。血液の中にも魔素は流れている。それがこれ以上失われないように。瘡蓋(かさぶた)をするように。そうだ、足りない分の血液を魔素で補うことができないだろうか。水分子が水魔法で嵩増(かさま)しされるなら、これも……。

幸い俺は、血管の構造や人体の造りを人並みには知っていた。魔法がイメージに基づくならば、この無茶な理論のどれか一つでもひっかかってはくれまいか。そんな願いを込める。

「────ふう、────ふう……」

息を整える。信じよう。俺は大丈夫。血はもう失われることはないし、痛みはアドレナリンが何とかしてくれている。

俺は止血用の魔法を維持しつつ、痛みにのたうつ二人の前に立った。

もちろんどんな魔法が来ても対処できるように、杖には余力を残している。

「……おい、お前たちの、——はぁ、目的はなんだ」

地面に這(は)いつくばったスピンが、苦しそうに首を持ち上げる。

「………あぁ⁉　だから、てめえを殺す事だよ‼　死ね‼　死ね‼　おい、バーズビー‼　てめえが一撃で仕留めねえからこんなことになったんだ‼　てめえも死ね‼」

「いたい。いたいよお。いたいのはいやだ。ごめんなさい。ごめんなさい」

「だあくそ、カスが‼　使いもんになんねえな、こいつはよぉ‼」

俺は仮面の男二人の痛々しいやり取りを見下ろしながら、それでも案外タフなことに驚いた。身をズタズタに引き裂かれながら、その声は痛みに喘(あえ)いでいるという風ではない。いや、痛みに慣れているのか？

「他にも仲間がいるんだろう。俺を殺すためだけなら、屋敷に仲間がいるのは何故(なぜ)だ？」

「…………あ？」

「屋敷に仲間がいるのは、何故だと聞いてる……！」

「……へえ」

俺が目で屋敷の方向を指し示すと、スピンは一瞬キョトンとした後に笑った。

よく見れば仮面の端が割れ、左目が覗いている。

「意外とするどいじゃねぇのぉ……。だが残念だな、さっきも言ったが俺らは大して聞かされてねぇのよ。デリバリー・マーチェスがあっちで何してるかは知らねぇなぁ」

作戦についても知らない。依頼主も知らない。

ただここで俺を殺す為だけに現れた二人。

スピンの言葉にどこまで信憑性があるかなど知った事ではないが、ともかく、有用な情報はこれ以上得られそうにないらしかった。

「……分かった、もういい。自分の目で確かめる」

俺はそう言って瀕死の二人の横を通り過ぎようとする。

とどめをさすのが面倒くさいとか、これ以上やったら人殺しになるという葛藤に興味はなかった。今はとにかく時間が惜しい。――――なのに、

「おいおいおい、なに俺ら無視して行こうとしてんだよ。そりゃねえぜおい」

血まみれの仮面をかぶったスピンが、にやけながら俺を呼びとめた。

「…………何？」

「なぁ、バーズビー。ひどいよな。可哀そうだよな。こんな惨めな事はねぇぜ」

「うん。ひどいよ。悲しいよ。泣いちゃうよ。だって血がいっぱい出たんだ」

「よしよし、だがちょうどいいぜバーズビー。だってお前が自分で自分を刺す必要がなくなったからな、そう考えたら、ちょっとは可哀そうじゃなくなるだろ？」

「あ。ほんとだ。スピンは頭がいいなぁ」

スピンがズタボロの腕を伸ばす。それに応じるようにバーズビーもずるりと体を動かした。痛々しくて、あまりに見ていられない。まるで足をもがれた虫がもがいているかのようである。

しかし、男たちの目の色は諦めではなかった。スピンの指先が、バーズビーに触れる。

「よぉし、バーズビー。『パペットモード』だ……!!」

「うん!!」

瞬間――、地面に力なく転がっていたはずのバーズビーの体が飛んだ。

動けないはずだと安心していた相手がまるでバッタのように、不気味に跳ね回る。全身が血まみれであちこちの筋が切断されているだろう男が――、である。

そして、その背中に張り付いているスピンが、顔だけを覗かせて叫んだ。

「さあさあさぁああ! 世にも奇妙な血みどろ操り殺人人形だぁ! 縦横無尽に飛び回り、そしてお前の首を刈り取るぜ、おらぁ!!」

シイッ――!

という風を切る音が聞こえたと思った瞬間、夕陽に煌く線が走る。

俺は本能的に避けようとし、だが背中に激痛が走ったので無様に地面に頭からつんのめることになった。

直後、後頭部を強風が通り抜ける。それは俺が避けようとした先の軌道上だった。

「…………⁉」

「くっそ、外したぜ‼　すまねぇ、バーズビー‼　思うように魔力が込められねぇんだ‼」

「いいよ。大丈夫。次は当たるよ」

スピンを背負う形のバーズビーが、こちらに向き直る。その動作は糸につられたかのように不自然で、カクカクしていて、気味が悪かった。

——何が起きた。

首が刎(は)ねられかけたという事実に戦慄すると同時に、理解の及ばぬ事態に俺は混乱する。あいつらはどう見ても、ろくに身動きも取れない瀕死の状態だったはずだ。

そんな俺の反応を見てスピンが高らかに笑った。

「ひひひはっはっはははぁ‼　バーズビーの動きが読めるかぁ⁉　御大層な魔法も、当たらなきゃ意味がないぜぇ⁉」

ナイフを持ったバーズビーは滑るように走る。地面をひとつ蹴るたびに別の場所に移動する様は、もはや瞬間移動と言った方がしっくりくるほどだ。

「……な、なんだこれは……⁉」

「さてなんだろうなあ‼　当ててみようぜ⁉　まあ、それを考えてるうちにお前は死ぬんだけどなあ‼　そぉら‼」

スピンの声を合図に、バーズビーの体がぐんと音を立てて、さらに加速した。

る。

瞬(まばた)きをするほどの間に距離を大幅に詰めてくる仮面の男たちが、死の予感を運んでくる。

「ごめんね。ごめんね。痛くしないから。痛いのは嫌だよね。だから。……死の？」

もう目の前までそれは来ていた。

「――ッ！」

あの速度で迫る刃を避けるのは、手負いでなくても至難の業(わざ)だ。

俺は杖を構え、とにかくこの不気味な男の接近を防ぐために、高く分厚い氷の壁を生み出した。イメージはダミアンの光魔法だ。強度は及ばずとも、薄く横長に伸ばした氷は十分壁として機能するはず。途轍(とてつ)もない速度で直進してくるバーズビーは、勢いそのまま頭から壁に突っ込むはずである。

「甘い甘い甘い甘ァァい‼　そのくらいのことは想定内なんだぜぇ‼」

壁の向こうからスピンの声が聞こえた。俺は嫌な予感がして、頭上を見上げる。

すると、

「ばあ」

見上げた先、五メートルはあるはずの氷の壁の上から、仮面の男たちがこちらをまっすぐに見下ろしていた。人間の反射神経ではないし、人間の跳躍力でもない。たとえ鍛え抜かれたアスリートでも、ここまでの動きはできないだろう。――ならばやはり、魔法が介在しているのだ。

「あへは。へっへ。残念。終わりだよ」

バーズビーが妙な笑い声を上げながら、ナイフを持ち直す。

俺はため息をついた。

「…………くそ、なんの属性かすらも分からん。今分かるのは、あの小さい方が何か細工をしているという事だけだ。しかし、考えてる時間が今は惜しい……」

「……なんだって？」


——ボフン‼


直後、緊迫感にそぐわぬ音が草原に響いた。

視界が真っ白に包まれる。

夕日の光さえ遮る(さえぎ)ほどの、濃い水蒸気が生じたのである。

「——ああっ⁉」

「え。え。なに。なんだこれ」

戸惑いの声を上げた二人。

濃密な水蒸気は、あっという間に二人を飲み込んだ。

「んだこれ、くそっ！　これじゃあ何も……‼　バーズビー‼　この機に乗じて逃げる気だ！　探せ‼」

「で。でも。こんなんじゃあ探しようがないよ」

「くっそが!!　おい!!　ロニー・F・ナラザリオ!!　ぶち殺してやるから出てこい!!　くっそうぜえ……!!　死ね!!　死ね死ね死ね死ね死ね!!」

スピンの語気は荒いが、明らかに先ほどまではなかった不安の色が含まれていた。

「奴も満身創痍(まんしんそうい)のはずだ!!　近くで身をひそめてやり過ごそうって腹かもしれねえ、ナイフを振りまわしゃあすぐに――」

「何も見えず動けもしない……。不安なのは分かるが、この状況で大声を上げるというのは愚の骨頂だな」

ゴ、ゴッ……!!

鈍く重い音が二つ響いた。

「がぁ……!」「あ」という小さな呻(うめ)き声(ごえ)と共に、スピンとバーズビーは重なり合って地面に倒れこむ。彼らの傍らには、頭と同じほどの大きさの氷の塊が転がった。

○

杖を振ると、ワイパーで拭(ぬぐ)ったように視界が晴れる。

草原の上には、今度こそ沈黙した二人の男が横たわっていた。

「……はあ……!」

　脱力感と共に俺は地面に膝をつく。その震動で背中の傷に衝撃が走り、辺りに血飛沫が散った。だが、せいぜい数滴だ。絆創膏のように魔素で覆うという応急処置は功を奏しているらしく、急速に色が濃くなり固まりかけているのが分かった。

「屋敷に……、はぁ、屋敷に帰らないと……」

　俺はふらふらとした足取りで、丘を下った。

　仮面の男二人に会敵してどのくらい経ったろう。もし屋敷にもこいつらのような輩が行っているのだとしたら、もう間に合わないかも……。

「──いや、よそう」

　俺は頭をよぎる不穏な想像に首を振る。

　そうしなければ、屋敷に帰るまでの時間に、不安で狂ってしまいそうになるからだ。

「……そもそも、こんな状態で屋敷に辿り着けるのかがまず問題だ。くそ……、なんでこの世界に一一九はないんだ……」

　痛みや疲労を誤魔化すようにそんな益体もない愚痴をこぼしているところで、不意に俺の名を呼ぶ声がした。

「──ロニー様!!」

「！」

　ほとんど日が落ちかけているせいで一瞬分からなかったが、やがて駆け寄ってきた声の主はジェイルらしかった。

「姿が見えないので随分と探し――――、ロニー様、服が血まみれではありませんか！　いったい誰に⁉」

「……ああ、あいつらだ。っ、すまない、ちょっと肩を貸してほしい……」

「あいつらとは……、――ッ！」

　ジェイルは寄りかかる俺を両腕で支えながら、草原に横たわる二つの人影を視界にとらえる。そして「やはり、ロニー様の所にも……‼」と表情を歪めた。俺の心臓が嫌な音を立てる。

「ジェイル、やはりというのはどういう意味だ。屋敷のみんなは……、ヨハンは、お父様やお母様やみんなは無事なのか……！」

「あまり興奮なさいませんよう。とにかく今は、自分のお体をご心配ください！」

「俺は大丈夫だ、止血はしてある。とにかく屋敷が心配だ、俺の所にもということは屋敷にもこいつらの仲間が来たんだろう⁉」

「仔細については私もよく分からないのです。とにかくロニー様をお探しして守らなければという一心で……」

　ジェイルはそう心配げな目線で俺を見下ろすが、屋敷で何が起きたかは判然としない。どころかジェイルには誰かが屋敷に現れたというところしか分かっていないようで、とにかく彼はいち速く俺の身を案じここまで……。

「――――」

待て。それは、おかしくないか？

俺は思わず、もたれかかっていたジェイルの体から身を離した。

「………、ロニー様？」

ジェイルが不可解そうな表情を浮かべる。

「どうされました……？　早く逃げなければ……」

「どうしてここが分かった……、ジェイル。俺は屋敷の誰にも、カーラにさえ行き先を告げてなかったのに……」

「――――え」

「いや、そもそも屋敷を何者かが襲ったんだろう。その正体も確かめぬまま、俺を探しに来たって？　父や母はほったらかしにして？　ここは屋敷から数十分離れてるんだぞ？」

「ド、ドーソン様からの命令なのです！　ロニー様の安否を速やかに確認するようにと……！」

「……お父様が、まがりなりにも王都最高魔術師といい試合をした俺の身を案じてジェイルを送ったのか？　自分たちの身が危ういのに？」

「そ、それは――」

「何にせよ、お父様にだって俺の居場所は分からないはずだ。屋敷から外に向かったのを見た者がいたとしても、むしろ街に下ったと考える方が自然じゃないか？」

本来ならこんなことを問いただしている時間はないのかもしれない。

それでも俺は尋ねずにはいられなかった。納得できる理由があればそれでいい。でもジェイルは意図的に明言を避けている気がして、とにかくそれが気持ち悪かった。

先ほどまで抱いていた悪い予感よりもさらに、それは最悪な予感だった。

「ジェイル、答えてくれ。何故ここに来た、どうしてここが分かった。屋敷では一体何が起きている……」

「………………」

二人の沈黙の間を、血の臭いを含んだ風が吹きすぎていった。

ジェイルはしばしの間、黙って俺を見つめ、やがて耐え切れないように口を開いた。

「いい加減にしていただけませんでしょうか……。悪趣味でしょう、あまりにも……」

「…………？」

それは俺に語り掛けた言葉ではなく、別の誰かに語り掛けているようだった。


「――――残念、面白くなりそうだったのにな」


背後から声がした。

俺は反射的に声がした方向を振り返る。右手に杖を握りしめて――。

しかし、サンッという音とともに、杖が水の刃で細切れにされた。

「うちの部下を随分可愛がってくれたようでありがとうよ。やけに慎重な依頼だと思ったが、保険をかけたがった理由も分かるぜ。だがまあ、自分の生命線をそんな風に分かりやすく晒す時点でトーシロだよ。危機感が足りねえ、今まさに殺し屋に襲われたばかりだってのに」

俺の杖を細切れにした犯人が、振り返った先で怠惰そうに立っていた。

その男は先の二人のようにコートを着ている訳でも、仮面をつけているわけでもない。

だけれど俺は《そこに立っている男》の意味が分からず、絶句する。

「まあ別に責められるこっちゃねえか。豪邸でお幸せに暮らして、それでなくてもついこの前魔法が使えるようになったってんだからな。俺らみたいなアンダーグラウンドな輩など、存在さえ意識してなかっただろうさ。それも身内に裏切られるような真似されちゃあ尚更だ。だからまあ、しょうがねえ」

「――――」

「しょうがねえが、とりあえず終わりだ。――死ねよ」

俺に死を告げたのは、俺と全く同じ顔、背丈、服装をした、

【俺自身】だった。

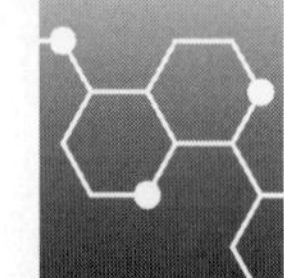

第三章　割れる水晶

意味が分からなかった。

意味が、分からなかった。

俺は今、誰に、何を、告げられたんだ？

なぜ俺と同じ姿をした男が目の前に立っていて、しかも先に倒したはずの二人が部下であると言っていて、俺の杖を壊して、死ねと、そう俺に告げて、俺の格好をしていて、ジェイルと言葉を交わしていて、右手にナイフを揺らしこちらを見つめていて、俺と同じ顔で――。

「――――」

そこで俺は思わず自分の唇の裏側をかみしめる。

思考がまとまりを失い、混乱していることを自覚したからだ。

だが、正直理解不能な事が起きすぎて、もうお手上げ。諦めたくなるほど、状況は混迷を極めていた。

俺を殺すと宣言した目の前の【俺】は、その表情に気付いたのだろう。一つ鼻で笑うと、自分の頰に手を当てた。

「――ああ、これか？　はっ、気味悪いよな、そりゃそうだ。ほれ」

そう言って口腔内に指を突っ込んだかと思うと、ボコボコと泡の出るような音がし、俺の顔だったものがみるみる別物に変わっていった。鼻が高くなり、輪郭の凹凸の場所が移動し、頰骨が出て――、まるで粘土細工のコマ送りでも見ているように。

「……ふう」

やがて、端整な若い男の顔が現れた。

整った眉に猫を思わせるような大きな瞳、やや童顔だが年齢は二十代半ばほどだろうか、だがそれ以上取り立てて特徴のない、どこにでもいそうな男だった。

すっきりとしたと言わんばかりに首をゴキゴキ鳴らす男に、俺は問う。

「……お、お前がデリバリー・マーチェスなのか……⁉」

「あ？　なんで知って……。ああ、また馬鹿共が名乗りやがったのか。自分たちだけならまだしも、俺の名前まで言うんじゃねえっての」

男は苛立たしげに、遠くで転がっている二人を見やる。

その様子からも、スピンとバーズビーが指していた男に違いない事が分かった。つまりこの男も、依頼をされて俺を殺しに来た一派だということだ。

しかしその前に、どうしても見逃せない問題がある。

「――今のは何だ？　魔法、なのか……？　そもそも、なんで俺の顔に……」

「顔を変えたのは魔法だが、詳細についちゃあ企業秘密だ。理由の方については少し考えりゃあ分かんだろ？　どのみち今から死ぬ奴に説明してやる義理もねえがな」

「何……!?」

俺はマーチェスの指すところの【顔を変えていた理由】を考える。

だがどれだけ冷静に洞察を行おうとしても、俺の脳は今、生き残る為の方法を考えることに容量を割いているらしく、マーチェスの行動の理由やジェイルとの関係性についてはまるでピンとこなかった。

生き残るといってもどんな方法が残されている。

杖も奪われ、魔法は使えない。刃物を持った相手に立ち向かうような身体能力など持っていないし、そもそもが満身創痍(まんしんそうい)だ。ならばどうする。目の前の男との会話を引き延ばし、せめて考える時間を確保するか？

「じゃあ、さっき俺を殺しに現れた二人……、あの二人はお前の事を――」

「残念だが時間がねえ。こっちも仕事なんでね。残業はしねえホワイトを売りにしてんだ、うちは」

マーチェスはそうきっぱりと会話を打ち切り、左手に持ったナイフを短く振る。横にあった木の枝が音もなく切断された。

切れ味を確認した後、無言のまま、スタスタとこちらへ歩み寄ってくる。

きわめて事務的に、迷いなく。

そして、杖を失った俺はその歩みを物理的に止める術を持たない。

マーチェスの一歩一歩がそのまま命のカウントダウンだ。気づけばジェイルは距離を取って、丘の端でじっと俺たちのやり取りを見つめている。

だがジェイルには、心配する様子も、止める様子も、逃げる様子もない。その振る舞いは、さっきのやり取りが俺の気を引くためのものだったこと、つまりマーチェスらとの明確なつながりを示唆していた。

自分が囮になって、後ろから杖を狙うマーチェスに気付かせないようにするために……。

俺は二人がそれを耳打ちして打合せする様を想像して、言いようのない悔しさに見舞われた。

「ジェイルッ！　説明してくれ、なんでお前が!?　お、お前がこいつらを雇ったのか!?　どうしてこんな、俺を嵌めるような真似をした……!?」

俺から十数メートル離れたジェイルは、沈黙ののちに冷たく言う。

「……お答えができかねます」

「いや、俺の事はこの際いい！　や、屋敷はどうなってるかを教えろ!!」

「お答えができかねます」

「ヨハンは……、頼むから、それだけでも教えてくれ……!!」

「お答えができかねます」

「なんで、だよ……!!」

「――私には、お答えができかねます」

ジェイルの口調は冷たいまま変わらない。

俺はその態度に、拳を握って腿に叩きつけた。

スピンが言っていた、俺を殺したい奴がいるというのは、ジェイルの事だったのか？

だとすれば何故だ。何故俺がジェイルに殺されなければいけない。ついさっき、中庭で親し気に言葉を交わしていたはずなのに、あの時既に俺を殺す算段をしていたというのだろうか。

「もういいだろ、諦めろよ」

マーチェスはもうナイフを振れば届くほどの距離まで来ている。そして俺を気の毒そうに眺めていた。俺は唐突に、自分の腹からぐつぐつと怒りが煮えたぎってくるのを感じた。


――諦めろだと？

なんだそれは。なんだよそりゃあ。なんなんだよ、諦めろって。

理不尽もここまでくると度が過ぎている。俺がここまでの事をされなければならない理由があるのか。今までずっと不遇だった俺が、せっかく手に入れかけた未来を、またすぐに絶たれなければならない理由が。

「納得ができない！　何でこんな事をする！　せめて納得できる理由を言えよ！」

「………納得？」

マーチェスが首をかしげる。

「そうだ！　前触れなく現れて、はい殺しますなんて納得できるわけがないだろ⁉」

俺は今の自分に出せる全力の大声でそう叫んだ。

腹に力を入れた瞬間に、薄皮を破って血が噴き出す。だが、そんなことはもはやどうでもよかった。失血など恐れずとも、目の前で死が佇んでいる。

「……納得のできる死なんて、元々ありはしねぇんだよ。何故なら死はいつも予告せず現れるからだ。誕生日だって、試験に受かったって、可愛い子供が生まれたって、使えなかった魔法がやっと使えるようになったからって、死はお構いなしに訪れるんだ。お前の場合はそれが今日だっただけだ」

「人殺しが、聞こえのいいセリフを言うな！　お前が今、俺を殺そうとするのには理由があるんだろう！　それをさも偶然のように、不運で片づけようとするな！　俺には生きる理由がある！　俺はやっと、それを見つけたばかりなんだ……！」

「そうだろうな。お前の大体の背景は伝え聞いてるさ。だが俺にもお前を殺す理由がある……。俺はこの殺し屋稼業で部下たちを食わせなきゃいけないんでね」

「お前たちが金を稼ぐために、俺はここで殺されなきゃいけないってのか……⁉　そんなの、どう納得しろって言うんだ‼」

「恨むなら依頼人を恨め。そいつは今も呑気に紅茶でも飲みながら、仕事が終了した報告を待ってんだ。もしくはやっぱり、死を望まれるような境遇のお前自身を恨めよ」

「ふざけ……!!　ごほっ、ぐ、げほっ」

「あんまり叫ぶと傷が痛むぜ？」

「知るか!!　どのみちお前に殺されるんだろうが!!」

「もう言ってることが支離滅裂だな……。付き合いきれねえわ」

マーチェスが怠惰にナイフを振り上げた。そして何の感傷もない表情で、無言で振り下ろす。その様はまるで床の虫を面倒くさそうに潰す時のような表情。

ただ当たり前の日常の延長線上のような。

そんな感じだった。


『嫌だ!!　こんな風に死にたくない!!』


俺の中で悲痛な金切声が上がる。

幸せの一端をやっとつかみ取ったはずのロニーがそう叫んでいた。心の中のロニーが、顔をくしゃくしゃにして縋りつくようにそう泣いていた。

「……ああ、死にたくないよな。俺もだ――」

ズッ、
という鈍（にぶ）い音がする。

それは俺の体を両断するために振り下ろされたナイフが、阻（はば）まれる音だった。

「あ？　……だりぃな、つまんねえ時間稼ぎしてんじゃねえよ」

マーチェスが俺を見て不快そうに顔を歪（ゆが）める。杖を失ってもう抵抗する方法もないはずの俺が、肩にかけていた鞄（かばん）を痛々しく持ち上げ、ナイフを受け止めたからである。幸運だった。本を持ってきていなかったらこんな悪あがきさえできなかっただろう。

しかし、一時俺の命をつなぎとめてくれた本も、ナイフを受け止めたことによって切り裂かれた穴からボロボロとこぼれ落ちていった。

「――――」

だが、こぼれ落ちたのは本だけではない。本と一緒に地面に落ちるいくつかのゴミや紙切れの中に、俺は【それ】を見つけたのだった。鼓動が一つ大きく跳ねる。

ひどく頼りなく、知らない者が見ればゴミといっしょくたにされてしまいかねない些（さ）細（さい）なものだ。だが俺にとっては、そして今この状況においては、あまりに大きな意味を持っていた。

湖に行った時に、鞄の底に取り残されたのだろう。

俺はこぼれ落ちるそれを掴（つか）み取（と）り、ありったけの魔力を込める。

「――――！」

怠惰だったマーチェスの表情に驚きが生まれる。彼は先ほど振り下ろした太刀筋が嘘だったかのように、激しく鋭い速度で俺の手首を切り落としにかかった。

だが、殺し屋とて人間である。動揺によって生まれた一瞬の時間は取り戻せない。俺はマーチェスの懐に潜り込むように地面を一回転し背面を取る。そして、三センチほどの木の枝に全力の魔力を注ぎ込んだ。

次の瞬間、目の前が真っ白に弾け、俺の意識は途切れた。

○

「ロニー!!」

「――――」

「ちょっと、ねえ起きてよ!!　どうしたんだ一体急に!!　なんだってこんな全身血まみれで――」

「っ、ごふ、げほっ……！」

「あ、やっと起きた！　大丈夫かい!?」

意識が覚醒した瞬間、まず視界に映ったのは水色の紐状生物だった。

視界が弾けた後、何が起きたのかよく分からない。しかし自分が今、精霊の祠にいるということは、丘の端っこからここまで飛ばされてきたということになるらしい。どうりで全身の骨が砕かれたように痛むわけだ。

「……ど、どれくらい気を失ってたんだ、俺は……？」

「え？　ええと、すごい音がして、入り口にロニーが倒れてるのを見つけてから……、一分くらいだと思うけど」

「一分……」

俺は軋む体を懸命に起こし、周りを確認する。案の定と言うべきか、せっかく見つけたプテリュクスの枝はもうない。落としたのではなく、おそらく弾けて塵になったのだろう。

死を覚悟して発動した魔法は、狙いも威力もあてずっぽうなひどい代物だった。魔力の通り道が細く小さかったことも影響し、瞬間的に強いエネルギーに変換された水魔法は俺たちの体を吹き飛ばした。もはや魔術とも呼べない、水魔法を用いた自爆である。あの小さな枝が耐え切れるはずもない。

「ねえ、なんなのロニー⁉　やっと遊びに来てくれたと思ったら、どういう有様だいこれは！　実験の途中で爆発でもしたの⁉」

当たらずとも遠からずな事を言いながら、セイリュウがやかましく耳元を飛ぶ。寝起きて目の前に血まみれの俺がいれば、驚きもするだろうが。

「……お、襲、われたんだ……。まだ、外にいる……」

「襲われた⁉　外にいるって誰が……。ちょっと待ってロニー、背中のその傷、血が尋常じゃないって！　嘘だろなんだこれ……⁉」

「……わ、分かってる……。あんまり叫ぶな、頭が割れそうだ……」

俺は未だぐわんぐわんと揺れる視界に、込み上がる嘔吐感を必死にこらえていた。

「久しぶりなのにすまんが……、お、お前と話している時間がないんだ……。はやく、逃げないと……」

マーチェスがどうなったかは知らない。だが、今この機会を活かさなければ、今度こそ間違いなく殺される。もう魔法は使えない。ここが生死の分かれ道だ。

逃げろ。逃げろ。早く立ち上がって、逃げろ。

俺はそう言って再び祠の入り口に向かおうとするが、セイリュウは驚いた様子で引き留めた。

「ちょ、ちょ、ちょっと待ってよ！　こんな状態のキミを行かせられない！　早く血を止めないと本当に冗談じゃなく死んじゃうよ‼」

「そう、したいのは山々だが、杖ももうないし……、ごほっ、言ったろ、もうすぐそこまで来ているかもしれないんだ……」

「来てるって、だから誰がさ‼」

「――――ん？　誰かと話しているような声が聞こえたが、気のせいだったか……？」

「⁉」

振り返るとそこには、鮮烈な夕焼け空をバックにした人影があり、じっとこちらを見つめていた。俺と同じ爆発に巻き込まれたはずのマーチェスは、しかし、さも何事もなかったかのようにそこに立っていた。

「…………くそ……」

「さっきのは驚いたぜロニー。だがせっかく逃げるチャンスを作ったにしちゃあ、肝心の隠れた場所がお粗末だったな。丘の下にでも逃れられてたらちょっと困ってたが」

マーチェスがそう言いながらナイフの握りを強めるのが見えた。警戒しているのだ。万が一俺が魔法を発動しても避けられるよう、一定以上はこちらへ近づいてこないのもその証拠だった。

セイリユウはその人影に口をあんぐりと開け、俺を見た。

「もしかしてこいつがキミにこんな事を⁉」

「……そうだ。まあこの背中の傷は、厳密に言うとこいつじゃないんだが……」

「ど、どゆこと⁉」

「……？　やっぱり誰かいんのか？」

俺がセイリユウの問いに答えていると、マーチェスが不審げに祠の中を覗き込んでくる。おそらくマーチェスからは中がよく見えないのだろう。もう夕日はほとんど地平線に身をうずめて、辺りは夜が俄かに勢力を増しつつある。昼間だったとしても、恐らくセイリュウの姿は俺以外には見えないらしいのだが。

「――ふん、誰かいたとしても別にいい。一緒に死ね」

僅かに首を左右に振ったマーチェスは、ナイフを俺の首元へ向ける。俺の生命線たる杖がまたしても失われたことを恐らく知らない彼は、俺の魔法を最大限警戒した動きを見せている。袋のネズミ――、そんな言葉が脳裏をよぎる。

「あばよ」

マーチェスがそう告げ、刃先が薄暗い祠の中でわずかに光った。

「――――」

だが全身に力を込めても、恐れていた衝撃は来ない。

俺は不思議に思い、ふと顔を上げた。

その瞬間――、異変に気付く。

「ぐ、ぅっ……⁉」

息を吸い込んだ途端、視界が一挙に黒ずんだのだ。苦しいと思ってさらに息を吸っても、それはますます悪化する。呼吸をしているのに息苦しい。口に手を当てようと思っても手が動かない。まるで自分の体が石にでもなったかのように動かず、次に痛烈な頭痛と吐き気に見舞われた。

湧き上がる嘔吐感のままに俺は地面に胃の内容物を吐瀉するが、ひどい耳鳴りでその音も聞こえない。

キイイイイイイイイイイイイイイイイイイ――――――――……………

と、際限なく加速する金切り音が脳内を支配し、急激に意識が遠のいていった。

「――――!!　――――!!」

黒ずんだ視界の向こうで、セイリュウが何やら叫んでいるのが見える。何と言っているかはもはや分からない。逃げろ、だろうか。だが、もはや手の指さえ動かすことができない。

しかし、俺はこの期に及んでもなお、不可解極まりない状況について考えようとしていた。

だって、余りにも悔しいではないか。

スピンたちが動けないはずの体で襲い掛かってきた方法が分からない。爆発に巻き込まれたはずのマーチェスが無傷である理由も分からない。顔を変え、俺の姿を装っていた理由も分からない。何か種があるはずだ。未知の魔法だとしても、それはきっと科学的に説明しうる何かのはずなのだ。

それらが分からぬままに死ぬのは悔しい。水魔法や氷魔法でさえ、ようやくその端っこを捉えただけに過ぎない。知りたいことはまだたくさんある。それを知る権利を与えられぬまま、俺はここで死ぬのか――。

悔しさ、悲しみ、怒り、そんな色々な感情が湧き起こる。それらを、どうしようもない諦めの感情がそれを厚く塗りつぶそうとしていた。

ここを死に場所にしてしまって、セイリュウに申し訳ないと思った。

本当は、ここ数日にあった事を話してやろうと、内心ワクワクしながら訪れたはずなのに。

それがどうして、こんなことになってしまったのだろう。前触れが何かあったのだろうか。全てがうまく行き始めたと思っていた一ヶ月で、俺は何か誤ったことをしただろうか。

思いつかない。

思いつかないのだから、

もう後悔のしようもなく、

俺は黒い意識の底に沈んでいった――。

○

「え」

私は店の窓から見えたまばゆい光に、思わず目をこすった。

「おかみさん、どうかしたか？」

客の一人がそう尋ねてくる。

「あんたら見なかったかい？　今丘の方で何かが光ったのを」

そう尋ねると、赤ら顔の男たちは不思議そうに顔を見合わせる。

「光？」

「ああ、確かに窓の外がチカッと光ったな。丘の方からか？　しかし丘の上には祠以外、何もないだろ」

「流れ星か何かの見間違いじゃねえのか」

そう言われて、もう一度窓の外に目をやる。

「……そんな感じじゃあ、なかったと思ったけど……」

自分でも明確に何だったか分からないのでそんな言い方になってしまう。やはり何かの見間違いだったのだろうか。

「精霊様の光だったりしてな」

一人がそんなことを冗談めかして言う。すると周りからも朗らかな笑いが起きた。

「ははは、そりゃあすげえ。おかみさん、なにかの吉兆かもしれねえぞ？」

「そうさ。こうして美味い酒が飲めているのも、精霊様が水を生み出してくれたからなんだから」

「おっ、じゃあ精霊様に乾杯と行くか？　おかみさんおかわり!!」

「――全く、なんでもかんでも酒を飲む理由にしちまうんだからね。はいはい」

私は飲んだくれたちに急かされながら、また注文を取りにカウンターへと戻った。

丘の上の光の事は、すぐに忘れてしまった。

○

「…………っ、……はぁ……」

俺は、真っ暗な林道を頼りない足取りで歩いていた。どれくらい時間が経ったのか、もはや分からない。

目が覚めたのは二十分ほど前、丘の上の草原である。体が水に濡れて冷える感覚があり、俺は瞼を開けた。そしてすぐに、自分が祠の中で息ができなくなり、意識を失ったはずだと思い出した。

だが目が覚めてみるとそこは祠ではなかった。否、正確には、祠だったはずの場所で目が覚めた――、と言うべきだろうか。

俺の前に残っていたのは無残に崩れた瓦礫のみで、いたるところに岩石片が転がっており、しかも丘全体が土砂降りの後のように水浸しだ。

俺が意識を失った後何が起こったのか――、とりあえず分かったのは三つ。

まずはマーチェス、スピンとバーズビー、加えてジェイルの姿が消えていたこと。これに関してはまったく理由は分からないが、死体も見当たらないことから考えれば、何らかの理由で撤退したと考えるべきだろう。

次に、祠が跡形もなく崩れ去り、その中には水晶の欠片らしいものも含まれていたこと。確かに言葉を交わしたはずのセイリュウの姿はどこにもなく、どれだけ呼んでも返事はなかった。

最後に、背中の傷が完治とまではいかなくとも薄皮が張り、血が完全に止まっていたこと。加えて呼吸困難に陥って気を失っていた後遺症も感じられず、俺は記憶と自分の今の体の状態の齟齬に首を傾げざるを得なかった。

しかし、どれだけ訳が分からなかろうと、いつまでも丘の上でうろうろしている訳にはいかない。

俺は少し迷ったあとに水晶のひと欠片だけを拾って、ナラザリオ邸へと戻る長い道を下ることにした。回復をしているらしいと言っても、意識はひどく朦朧としている。正直今にも道の真ん中に倒れこんでしまいたいほどの倦怠感だ。

俺を突き動かすのは、とにかく屋敷のみんなの安否を確認しなければという思いのみだった。

〇

意識を正常に保つにはあまりにも長すぎる道のりを抜け、ようやく屋敷を視界にとらえた。

「―――」

瞬間、喉から嫌な音が漏れる。

正門には頼りない明かりが灯(とも)っているのみだが、明らかに異変が起こっているのだ。

外壁、門柱、屋敷の前の道に、出かけた時にはなかった傷跡が刻まれており、レンガ造りの塀が一部倒壊している。ナイフで削ったような跡もあるが、ほとんどは水魔法によるものらしかった。

やはり、マーチェスは丘に現れるよりも先に、この屋敷を襲ったのだ。俺はまず一つ嫌な予感が当たったことに歯噛(はが)みしながら、早足で門をくぐり、屋敷の敷地内に入る。

庭園の生垣(いけがき)も見る影もなくズタズタだ。

石畳(いしだたみ)に砲弾でも落ちたように穴が開いている。

優雅に水を噴き上げていた噴水も瓦礫と化している。

何よりも見過ごせないのは、ところどころに人の血と思(おぼ)しきものが落ちている事だ。

それは怪我(けが)を負った誰かが屋敷へ逃げようとした跡のように見えた。

「……っ！」

俺は耐え切れずに駆け出す。

幸いと言うべきなのか、いまだ誰かが倒れている姿は見つからない。屋敷の者が無残に皆殺しになっているという最悪の想像にはまだ希望が残されている。

俺はただひたすらに、無事でいてくれと祈りながら走った。走ると塞(ふさ)がった傷の奥が捩(ね)じられるように痛む。だがここまできて倒れるわけにはいかない。

俺はもたつく手で正面玄関の扉を押し開き、叫んだ。

「誰かいるか！」

しかし――、屋敷の中も灯りがわずかに灯るばかりで、がらんどうのホールに俺の声のみがこだまし、返ってくる言葉はない。

見慣れた屋敷は、まるで出来の悪いホラーゲームのように様変わりしており、シャンデリアが床に落ち、花瓶は割れ、絵画は切り裂かれ、そのそれぞれに赤黒い血が飛び散っていた。

あの男は屋敷の中にまで入ってきたのだ――。

その事を理解した瞬間、血の気が引くのが分かった。激しい動悸と息切れが去来する。

何よりも不安を掻き立てるのは、こんな惨状だというのにいまだ誰の姿も見えないことだ。

お願いだから、誰でもいいから、無事な姿を見せてくれ。

ここで何が起こったのか、皆がどうなったのかを教えてくれ。

誰も死んでいないと言ってくれ――。

――――ガチャ。

「！」

横から扉が開く音がして、俺は驚きとともにそちらを振り向いた。

「…………」

扉を開いた人物は無言で恐る恐るという風に様子を窺っている。

ドアノブを握っているのは、カーラだった。

「カ、カーラ……!!　無事だったんだな、よかった！　ここで何が起きた！　ヨハンは！　お父様やお母様、他のみんなは無事なのか……！」

俺は安堵のあまり泣き出しそうになりながら、カーラに駆け寄る。

扉の隙間から覗くカーラが頭に包帯を巻いているのが見えた。あいつに襲われたのだ。

それに対する怒りと、それでも無事でいてくれてよかったという安心が同時に胸に湧き起こる。

しかし、次の瞬間、「ひっ」という悲鳴とともに、扉は痛烈に閉ざされた。

そして向こうから、カーラの泣き叫ぶ声が響く。

「こ、こ、来ないでください……!!　誰か、誰か助けて……ッ!!」

「……………え……」

俺は行き場を失った手を伸ばしたまま、扉の前に立ちすくむ。

「カ、カーラ……？」

「ひいっ……！　も、もうやめてください……！　お願いですから、こ、殺さないでくださいッ！」

「こ、殺すって……、何言ってるんだ。大丈夫だ、もうあの男はいな――……」

俺はそこまで言って、ようやく全てを理解するに至った。

それは確かに、あの男の言うとおりに、少し考えれば分かる事だった。

何故、マーチェスが俺を殺す依頼を受けたのにもかかわらずナラザリオ邸を襲撃したのか。そして、何故マーチェスは俺の姿に扮していたのか。

奴が保険をかけたと言っていた理由。

屋敷中についた水魔法の跡の理由。

カーラが俺の顔を見て叫ぶ理由。

それら全てを理解して、俺は膝から崩れ落ちた。


やがて――、背後から甲冑の足音がし、俺の首元に、冷たい鋼の感触が当てられる。

俺は振り向くこともできず、その場で床をただ見下ろしていた。

「……ドーソン様、この者ですね？」

俺の首に剣を突きつけている誰かが言う。

僅かな間の後に、まるで一ヶ月前に戻ったような父のひどく冷たい声が聞こえた。

「――そうだ。慎重に身体検査をし、即刻地下牢に入れろ」

俺はやがて抱え上げられるように、地下への階段へと連れていかれた。

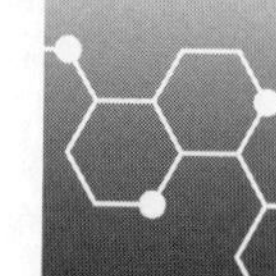

第四章　罪人ロニー

ガシャン、と錠前の落とされる音が、薄暗い石の地下牢に響いた。俺は乱暴に石牢に投げ入れられ、肩を壁にぶつける。

「――つッ」

投げ入れた甲冑の男たちを見上げるが、暗がりに浮かぶ瞳は冷たく無機質だ。装備から見るにこの屋敷の者ではない。恐らく街から派遣された衛兵だろう。

だが、すぐには反発する気力が起きない。自分がなぜここに放り込まれたのか理解してしまったからだ。嵌められた、と改めて思う。ここから無実を証明する手間を思うと、あまりにも気が重かった。

ややあって新たに地下への階段を下りてくる足音が聞こえ、ドーソンが姿を現す。重々しい口調で衛兵に言った。

「……御苦労だった。だが今晩は引き続き屋敷の警護にあたるよう伝えてくれ」

「かしこまりました。ドーソン様はいかがされるのですか」

「こいつと話をしなければならんだろう……、当主としてな」

「心中お察し致します。密室で二人きりとなりますが、問題ありませんか。我々と致しましても、ご子息のなさったこととは言え、此度の異変に迅速な対応ができなかったことは重く受け止めております。これ以上伯爵殿に危機が及ぶ事は万一にも避けなければなりません」

「責めるつもりはない、わが屋敷を警備していた衛兵は勇敢に戦ってくれた。しかし大丈夫だ。こいつは道具がなければ魔法の使えない欠陥品。丸腰で牢に閉じ込めれば何もできん。――だがまあ確かに、万が一という事はある。では一人だけ残してもらおう」

「承知いたしました――。ドーソン様、しつこいようですが彼は既に犯罪者です。くれぐれもお気を付けを」

「……ああ、分かっている」

ドーソンと短かな会話を交わした衛兵たちは一人を残し上階へと上って行った。

この地下牢は、普段誰も足を踏み入れることのない先代の遺物だ。俺も幼い頃にかくれんぼに使って怒られてからは入っていない。ゆえに地下牢の石畳は苔だらけで、鉄格子は錆び、犯罪者を入れるにしてもあんまりな環境となり果てている。

背後を見上げると、上方にわずかに地上が窺える小さく薄い小窓が付いていた。だが給気口以上の役割を持たないその窓からは夜空さえ見えない。

「…………」

耳にカーラが俺を拒絶する悲鳴が張り付いている。

俺の顔を見ておびえた彼女の表情と一緒に。

しばらくの沈黙ののち、鉄格子の向こうに立つドーソンが無表情で問う。

「情けない姿だな。まさか自分の息子を檻越しに見ることになるとは思わなかった。……何故こんな真似をした」

その問いかけはあまりにも冷たい。少なくとも本来息子に向けられるべきではない、刃のような鋭さが端々に埋め込まれていた。

「………こんな真似とは、何を指しておられるのですか」

「この期に及んでとぼけるつもりか……。これに見覚えがあるだろう」

ドーソンは呆れるようにため息をつき、何かを地面に落とした。

カランという音が地下牢に響く。

それは一振りのナイフだ。刃が欠け、ところどころ黒い染みがついている。見覚えがあるも何も、それはあの殺し屋たちが二度にわたって俺を襲った時のナイフだった。

「これは私が十数年前に骨董商から買い受け、保管していた物だ。つい先ほど、衛兵が丘に向かう道の途中で見つけたらしい」

「それを、俺が盗んだと？」

「ナイフを盗み、衛兵を襲い、屋敷を破壊して回り、使用人たちに怪我を負わせ……、ヨハンの身を危険に晒したのだ。大人しく牢に入った時点で、お前も自分の犯した罪を自覚していると思ったがな」

やはり、そういう事になっている訳か――。

デリバリー・マーチェスが俺の顔を借り、怠惰(たいだ)そうに笑う表情を思い出した。奴らが殺しの手段に、使い勝手の悪そうなナイフを用いていたのは、俺に罪を着せるためだったのだ。

「それは俺ではありません」

「……何？」

「俺はやっていません」

「やっていないだと……？　襲われた屋敷の者全員がお前の顔を見ているんだぞ、無用な言い訳をするな！」

ドーソンは声を荒らげ、拳で錆びた鉄格子を殴る。

その顔には見覚えがある。相手が自分の思い通りにならず苛立(いらだ)っている時の表情だ。

だが俺だって、やっていないことをやりましたと言う訳にはいかない。

「姿を偽った者が俺に罪をなすりつけようとしたのです。現に俺も殺し屋のような輩(やから)に襲われました。――俺の顔をした男にです」

「お前も襲われた……？　はっ、戯言(たわごと)だな。論ずるにも値しない戯言だ。屋敷の者たちをなぶっておきながら、よくもそんな事が言えるものだ。反吐(へど)が出る」

「…………お父様が誤解をされている事は分かりました。ですがその話の前に、ひとつ質問をしてもよろしいですか」

「この状況で、お前に質問をする権利があると思うのか？」

「真実を知る権利は、俺にもあると思いますが」

「……………」

まっすぐな目線の俺に対してドーソンはすぐに返答しない。

俺はその沈黙を了承と受け取った。

「この屋敷から、誰か死者は出ましたか？」

「屋敷から死者が出たか……、だと？　抜け抜けとよくもそんな……、馬鹿にしているとしか思えんな。貴様のやったことは貴様が一番よく知っているはずだろうがッ‼」

ドーソンが再度、鉄格子を強く殴る。鈍く震えるような音が地下牢全体に響いた。

「教えて下さい。俺が今一番知りたい事――、知っておかなければいけない事なのです」

「……………」

ドーソンは忌々しいという目線を向けながら、吐き捨てるように答えた。

「……今のところ死者は出ていない。怪我人のみだ」

「ヨハンは」

「ヨハンに怪我はない。今は部屋で寝かしつけている」

「そう、ですか……！」

それを聞いた瞬間、全身の力が抜けていくのを感じる。ずっと渦巻いていた不安が消えうせ、心がぐんと軽くなるのが分かった。だがその態度を見てますます苛立つのはドーソンである。

「その不愉快な臭い芝居をやめろ！　虫唾が走る！　いっそ開き直って犯罪者らしく振る舞われた方がよほど気が楽だというのに！」

「………………」

　一番の心配事が解消された今、ようやく俺は目の前の父と対面する心構えができた。怪我をしたカーラの姿や、怯えるヨハンのことを思えば、どうしても心は痛む。だが、彼らが無事であるという事は確かな救いだった。それに死人が出ていないという事実は、奴らの目的を暴く一助ともなるはずなのだ。

　俺は今自分にどういうレッテルが貼られているのかを再確認する。

「………………犯罪者、ですか」

「ああ、そうだ。私はもうお前が分からない。私はお前が恐ろしい。お前はせっかくの明るい未来も棒に振り、頭がおかしくなってしまった。一体何が不満だ、ようやくろくでなしから一丁前になったかと思えば、覚えたばかりの魔法を使って屋敷を襲うなどと……！　買ってもらったばかりのおもちゃを見せびらかす子供のように！」

　頭がおかしくなってしまった――。

　確かに客観的にはそうとしか見えないだろう。だから、まずは冷静に状況を見直してもらう必要がある。

「お父様は本当に、俺がこの事件を起こしたと思っているのですか」

「何度も言わせるな！　私自身も見たのだ、愉悦に満ちた表情のお前が使用人たちを手にかける様を。一通りいたぶり終えた後に、満足げに屋敷を去っていく様をな！」

ドーソンはなおも声を荒らげる。せっかく人払いをしたというのに、もはや上階まで届いてしまいかねないほどだ。俺はそんな父に向かってあくまで冷静に言葉を返した。

「しかし、それならばおかしいでしょう」

「何がおかしいと言うのだ……!!」

「お父様の言い分からすると、俺は頭がおかしくなり使用人たちを傷つけた後に屋敷を去ったのでしょう？　ならば、何故こうしてそ知らぬ顔をして戻ったとお思いなのです。犯罪者が現場に戻るという通説も今回は事情が違う。お父様の言によれば、俺は顔を隠すこともせず自分の犯行をさも印象付けるように振る舞っていたというのですから」

「――――何？」

「お父様、これから俺が言う事こそが真実です。俺は祠のある丘で殺し屋を名乗る集団に襲われました。そしてそのうちの一人は顔を変える妙な魔法を使っていた。そして、ジェイルと結託して俺を嵌めたんです。これは罠です」

「な、ジェイルだと？」

「そうです。そもそもジェイルはこの屋敷に帰ってきているんですか。彼が殺し屋どもと繋がっていたことは間違いありません！」

「……ジェイルなら、つい先ほど怯えた様子で帰ってきた。頭に大きな切り傷を作ってな。ジェイルが何と言っていたか教えてやろうか。お前を追いかけて返り討ちにされたのだと言っていたんだぞ！」

「ならば、俺か彼かのどちらかが嘘をついているのです。この場に呼んでもらっても構わない。——そもそもお父様の中の俺は、使用人たちを傷つけて愉悦に浸るような人間ですか。俺がこの十六年間でそんな素振りを見せたことがありましたか。ヨハンを怯えさせて笑っていられるような性格だと、そう思っておられるんですか」

ドーソンは、俺の問いかける勢いに、一瞬逡巡する様子を見せる。

そして、俯くように呟いた。

「………確かにお前は、そんな子供ではなかった」

「！　そうお思いならば——」

「しかし、強力な魔術を得ておかしくなってしまったのだ。そもそもが、魔法の研究などとのたまって精霊をないがしろにするような考えに取り憑かれたのも、階段から落ちて頭を打ってからだ。そうだ、あの時からお前はおかしくなってしまった。部屋にこもるようになり、怪しげな行動が増えた！」

「……⁉　そ、そんな、つい今朝方、お父様は俺の研究を認めると仰ったばかりではありませんか！　俺の見つけた氷魔法を褒めておられたではないですか！　それでは言ってることが正反対です！」

「黙れ！　そうだ、ダミアン殿が来た手合わせの場でも、私に反抗して言いつけに背いた！　あの時、お前の目はすでにまともではなかったのだ！　失敗だった！　お前の内側に眠っていた本質に、少しでも危機感を抱いていればこんな事にはならなかった!!」

「仮に魔力を得ておかしくなったと言うならば、ジェイルがナイフで襲われたというのはおかしいでしょう。これは物的証拠を捏造しようという偽の証拠です」

「うるさい、うるさい!!　貴様はナラザリオ家の恥晒しだ！　家名を汚し、取り返しのつかないことをしてくれたのだ！　ナラザリオ家の長男がおかしくなったという報せはあっという間に他所にも広がるんだぞ！　お前など…………、う、生まれてこなければよかったのだ……ッ!!」

「――――」

俺は言葉を失う。

父の口から出た、生まれてこなければよかったという台詞が強く俺を打ちのめした。

自分自身で幾度となく抱いた思いだったが、実際に面と向かって言われたことはなかったのだ。

俺は、嘘だと言って欲しいという一心で、縋るように問う。

「で、では、あの食卓での言葉は嘘だと？　誇らしいと、そう仰ったではありませんか……？」

「そんなことを、言った覚えはない……！」

「な……」

あまりにも滅茶苦茶だ。どちらの頭がおかしくなってしまったか分からない。いくらなんでも、俺の父親はここまで話が通じない相手ではなかったはずだ。

今や父は俺と目を合わせようともせず、冷たい石の廊下を見下ろしている。まるでそれは、自分で嘘と分かっていることを無理に信じ込もうとしているようにさえ見える。

「――余計な話をしすぎた。本来一言で済むはずだったのだがな」

ドーソンはそう短く息を吐くと俺に背を向けた。

「当主として、お前の行いを看過することは決してできない。明朝、ナラザリオ領の法に則りお前を断罪する」

「だ、断罪……？」

「これはもはや決定事項だ。お前がどれだけ無罪を訴えようとも、誰に何を言われようともこれは覆らない。衛兵団も状況的証拠から疑いの余地がないと認めている」

「そんな無茶苦茶な……！　俺の話も聞かず、ここに連れてこられた時点で有罪が決まっていたと⁉　そんな法が通るはずがありません！　せめて俺の言い分を検証したうえで罪の真偽を判断していただかなければ……、そんな、だってあまりにも理不尽ではないですか！」

「この地における法は私だ。その私が、お前の存在そのものが危険であると判断したのだ。加えて、お前をナラザリオ家の長男としてではなく、一人の犯罪者として処刑することを伝えておく」

俺は思わず鉄格子に縋りよる。

「ま、待ってください！　お父様、その言いぶりではまるで――」

だがそれでも父は振り返ることをしない。

「その先を私に言わせるな。せめて自分の罪を悔いながら眠ることだ。今夜が最後の夜なのだからな」

「――――」

告げられた言葉が信じられず、俺は思わず後ろに尻もちをついた。

明日、俺は自分の父親に殺される――。そう思った瞬間、頭の中が真っ白になった。

それはもう驚きとか絶望とかいう感情を通り越したものだった。


弁明の余地があると思っていた。

それをするだけの時間もあると思っていた。

理路整然と自分の身に起こった事を述べれば、真実が明らかになるはずだと思っていた。

今の息子の言葉にならば、ドーソンも耳くらい傾けてくれると思っていた。

情けをかけろと言っているわけではない、ただ少しでも別の可能性があることに気付いてほしかった。

ジェイルの行動の時系列を追えば、きっと矛盾が出てくるはずだった。

カーラやヨハンと、一言でもまた交わせたならば、きっと手を差し伸べてくれるだろうと思っていた。

だが、ドーソンはそれら一切に目を向けようとしない。

むしろ頑なまでに目をそらしている。

もうすでに決まった事実が歪まないように。


「――ドーソン様、よろしいですか？」

奥に控えていた衛兵が声をかける。

「ああ……、伝えるべきことは伝えた。もういい」

ドーソンはこちらに背を向けたまま頷くと、鉄格子の前から去っていく。

「待ってください！　まだ話は終わっていないはずです！　もう一度話を聞いてください！　お願いです、せめてジェイルと話をさせてもらえれば……！」

錆びた鉄格子を摑み、顔を押し付けて歩み去る父の背中に声をかける。だがドーソンは立ち止まらない。振り返る事さえもない。

「お願いします、お父様！　お願い……、僕の……、話を聞いてください……!!」

「………」

もう檻の中からは姿が見えない。

僕は、鉄格子に頭をこすりつけて喉から声を絞り出した。

苔むした石の床に涙の雫が音もなく落ちる。

「僕を見てください。僕の言葉を聞いてください、当たり前の家族みたいに、ただそれだけでいいんです。それ以上は望みません。我儘も言いません。この家から僕の存在を消さないで。僕は、ここに居るのに……」

父の足音は階段に差し掛かり、やはり僕の声が届くことはない。

これまでの十六年間と同じように。

僕は鉄格子に摑まっていた手を放し、床に崩れ落ちた。

頭を床にこすりつけて泣く。悲しいのか、悔しいのか、怒っているのか分からない。きっとその全部がごちゃ混ぜになっているのだろう。

結局僕は、最後まで家族の一員になることはできなかった。魔法が使えるようになったって、僕はお父様にとって不要な存在なのだ。

「――せめて」

ふと、一階へと続く階段から呟くような声が聞こえた。

「せめてあの時、階段から落ちて死んでいれば……、こんな思いをすることもなかったのだ。ロニー……」

父の最後の呟きが、俺の頭から離れない。

『せめてあの時、階段から落ちて死んでいれば、こんな思いをすることもなかったのだ』

俺は、涙と鼻水をぬぐい、壁に背中を預ける。

冷たく湿った感覚が肌にしみこみ、体の底から夜の寒さが襲ってくる。思い出したように体の奥の痛みや疲れものしかかってきていた。

独房には海のような静寂が満ち、何の音も聞こえない。上の階に使用人たちや家族がいるのがまるで嘘のようである。背後、頭上の給気口から夜の空のほんの端っこだけが垣間見える。独房に迷い込んでいた羽虫が一匹、空を求めるようにまた外へ帰っていく。

○

ゆえにいっそ気兼ねなく、俺は独り言を呟いた。

「どういう意味だと思う……。お父様が最後に言い残したあの言葉は」

自身に向けてそう問いかけると、ややあって返答が戻ってくる。

『分からないよ。僕らに心底愛想が尽きた、そういうことじゃないの……』

「お前は、お父様が好きか」

『そりゃあ……、そうさ。当たり前だろ』

「こんなことになってもか？　俺たちは明日、実の親から犯罪者扱いを受けて殺されるんだぞ？」

『それでもだよ……。だってそれが家族だろ。好きである事に理由とかはないのが当たり前だ。きっとお父様も辛（つら）いんだ、こんなことをしたくはないけど領主としては仕方がないいんだと思う。だから、僕たちが明日死ぬのも仕方ないんだ……』

「仕方がない、か。仕方がない……ね」

『？　だってそうだろ、まさか君はこの期に及んでここから逃げ出すつもりなのかい？　魔法も使えない、鉄格子は錆びてても壊れそうにないし、窓はとても出れる大きさじゃない。それとも頑張って大声でヨハンを呼んでみる？　衛兵が駆けつけてくるのが関の山だよ』

「……まあ、そうだな。お前の言うとおりだ。どれだけ頑張っても無理なことは無理だからな」

『じゃあ、何をそんな考えこんでるの。お父様が言い残した言葉に、他になにか意味があるって？』

「別に確信がある訳じゃない。だけど、考えること自体は無意味じゃない。人間は死ぬ直前まで考えることを止めるべきではない。考えを止めたとしたら、その時点で死んでいるようなものだ」

『い、言ってることは分かるけどさ……。階段ってあれでしょ？　君が記憶を取り戻すことになった原因の、一ヶ月前の事件。部屋に魔法が飛んできたことといい、君が現れてから危なっかしい事ばかり起きるよね』

「なんだか俺のせいみたいな言い方で心外だな。階段から落ちたことに関してはただただお前の不注意じゃないか」

『まあ、そうなんだけど。でも、不注意って言っても少し考え事してただけで、ちゃんと階段だとは認識してたはずなんだけどな……』

「まあ、あの一件がなければ俺は記憶を取り戻すことはなかったんだから、感謝してると言ってもいいくらいではあるんだが」

『あ、そのことで思い出した。あの時廊下ですれ違った人がいたじゃない？』

「すれ違った？　ああ、そう言えばそんなこともあったかもしれないな」

『あれってさ、確かジェイルだったよね』

「…………ジェイル？」

『うん、今思い返してみればそうだったと思う。まあ例のごとく目も合わさずに行っちゃったんだけど。でもあの日の怪我からだと思うんだ、ジェイルが僕の部屋に訪ねてきたりするようになったのって。僕が生まれる前からお父様の執事をしているから、勤続年数自体は長いはずなのに。なんでだろう』

「……！」

『どうかした？』

「なあ、妙な質問をしてもいいか」

『うん？』

「階段から落ちた事故……。あれが事故ではなかったという可能性はどのくらいあると思う？　俺よりお前の方がよく思い出せると思うんだが」

『じ、事故じゃなかったって、どういう意味⁉』

「誰かに階段から落とされたという可能性――。いや、自分相手にオブラートに包む必要なんてないな。つまり、ジェイルがあの時階段からお前を突き落としたという可能性だ」

『な、そんな事ある訳ない！　あり得ないでしょ！』

「……いいか、もう余計な情でものを考えるな。そしてあり得ないことはないんだ。何故ならたった数時間前、ジェイルは確かに俺たちを殺そうとしたんだからな」

『それでも、あの事故が、故意だなんて。そんな馬鹿な……』

「落ち着け。事実を事実として客観的に見るんだ。俺たちにはもうそれができるはずだろう。実験の時と同じだ。余計な先入観は真実を曇らせる。ただ起きた事実だけを述べろ」

『じ、事実だけを、述べる……』

「そうだ」

『で、でも分からないよ。言ったろ、考え事してたんだ』

「だが目の前に階段があるという事は認識していたんだろう。だったら記憶を遡(さかのぼ)れるはずだ。その上で分からないというのであれば仕方がないが、これはとても重要な事なんだ」

『なにがそんなに重要なの？　もし仮に、ジェイルがあの時僕を殺そうとしてたって、いまさら何が変わるんだよ』

「お父様――、いや、ドーソンのさっきの発言とつながるからだ」

『ど、どういうこと……？』

「いや、そっちが先に答えてくれ。お前は突き落とされたのか、それとも自分で足がもつれて転んだのか」

『……あ、足は、もつれてない。ただ気付いたら足を踏み外してたんだ。背中を押されたかどうかは正直分からない。で、でも……』

「でも？」

『可能性としては、確かに……、……あり得る、と思う』

「――そうか。ではそれを踏まえたうえで本題に戻ろう。ドーソンは何故さっきあの事故の事を示唆したんだ？　俺の記憶では、あの事故にドーソンはひどく無関心だった。数日後の食卓ではもはや話題にも上らないほどにな。だが、ドーソンはあの事故のことを覚え、意識していた。だからこそ、あの時に死んでいればよかったと、さっきそう言ったんだ」

『つ、つまり？』

「あの事件は俺たちにとっては辛うじて命を取り留めた幸運な出来事だっただろう。でも実はドーソンからすればそれは幸運ではなく、むしろ逆。あの時点でドーソンは俺たちの死を望んでいた。しかもただそう願ったのではない。ジェイルに背中を押させて、そう仕向けたんだ」

『あの事故はお父様がジェイルに命令して僕を殺そうとしたってこと⁉　じゃあ今日のことも？』

「ジェイルの意志ではなく、あくまでドーソンに命令されていただけ。だから丘の上でジェイルに『やったのか』と聞いた時、奴は肯定でも否定でもなく『答えられない』と言ったんだ。これは、考えてみれば当然の帰結だ。むしろ何故その考えが今まで浮かばなかったのか……。いや、本能的にその答えを避けていたのだろう。俺も人のことを言えないな。ともかく、この論理はそう突飛なものではない。一考の余地が十分にある考えだと思う。そして、そう考えるともう一つの事件も怪しくなってくる」

『も、もう一つ？』

「さっきお前が言ったんだぞ。裏庭で決闘をしていたヨハンの水魔法が俺の部屋に直撃したやつだ。たまたま外に出ていたから危なかったね、で済んでいたが、もし中で寝ていたら……、もしくは少しでもタイミングが違えば大怪我どころじゃなかった。もしあれにもドーソンの意志が介在しているとしたら、他の部屋のどこでもなく俺の部屋にだけ魔法が直撃したことには筋が通らないか？」

『いやいや！　あ、あれこそ戦闘中の不運な事故だっただろ？　まさか、ジェイルだけじゃなくヨハンもグルだったって言うつもりじゃあ――！』

「ヨハンが俺たちを殺そうとしたとは思わない。お前も見ていただろう、ヨハンは屋敷めがけて魔法を放ったんじゃない。相手を狙った結果、弾かれた先が俺たちの部屋だったんだ」

『じゃ、じゃあつまり、マルドゥークってこと……？』

「階段からの事故偽装に失敗したドーソンが、より確実に俺を始末するため、知る限り一番の実力者に殺害の依頼をした。元々予定ではなかっただろうが、結果的にヨハンからの申し出を利用する形で事故を装った……。殺し屋に依頼するよりは話は付けやすいだろうしな」

『確かに、やけに急にフィオレットが訪ねてきたとは思ってたけど。じゃあ、ヨハンを気絶させたのは、戦闘中に作為的な部分があった事の記憶を薄れさせるため？』

「ヨハンが巻き込まれたことはドーソンにとっても想定外だったろうがな。今思えばヨハンが目覚めた後もマルドゥークに厳しい目線を向けていたのは、殺害に失敗し、あまつさえヨハンを巻き込んだことに対するものだったかもしれない」

『で、でも、そもそも――！　そもそも何でお父様が僕たちを殺そうとするんだ‼　ひや、百歩譲って魔法に目覚める前なら無能な長男が邪魔に映るのは分かる。でもそれじゃあ、今日の事とは繋がらない！　王都の魔術師に認められるほどの実力をみんなの前で示したんだよ⁉　殺す理由がないだろう⁉』

「その真意は俺にも分からない……。だが、ほかでもない今日、計画が決行された理由に、全く心当たりがないわけではない」

『どういうこと？』

「中庭でヨハンに会った時、氷魔法の一端を見せただろう。あの場所にはジェイルもいて、後ろから見ていたはずだ」

『………！』

「魔法が使えようと使えまいと俺たちという存在が邪魔なんだ。長男としての俺たちの存在がな」

『僕たちを殺してでも、ヨハンを跡継ぎにしたいってこと？』

「何か事情があるのかは知らん。ともあれドーソンはそこまでしてでも俺たちを排除したかった――、のではないかという話だ」

『殺し屋を雇って、屋敷のみんなを襲わせてまで……』

「もしそうだとすれば、庇いようもない最低な男だということになる。俺たちに罪を擦り付けるため、自分の使用人たちを襲うよう依頼をしたのだからな。しかも、あくまで保険の為に」

『……ごめん、その保険っていうのは、つまりどういうことなのかな』

「今日のことを順に追ってみれば分かる。起こった事を思い出してみろ」

『ええと、まず祠に行ったところでスピンとバーズビーっていう殺し屋に襲われて……、なんとか倒したと思ったらジェイルとマーチェスが現れて……？』

「そう。スピンとバーズビーが第一陣。ジェイルとマーチェスが第二陣になる。陣営を二つに分けた理由こそが、つまるところの保険。第一陣で俺たちを殺せればよし、殺せなかった時の為にマーチェスがいた。物理的に殺さなくとも、濡れ衣を着せ、法で殺す。俺たちは完全に逃げ道を断たれていたのさ」

『もし第一陣の時点で死んでたら、どう説明してたの？』

「説明のしようなどいくらでもある。同時にこの屋敷での事件が起こっているんだ。逃げた俺が勝手に崖から飛び降りただの、ジェイルが自己防衛のために差し違えただのな」

『…………』

「――で、どう思う？」

『どう思うって？』

「今のは全部事実からの逆算だ。状況から導ける一つの解答に過ぎない。独房に押し込まれた俺の希望的観測とも言える。だから、俺はお前の考えを聞きたい」

『そんな難しい事、僕に言われても、わ、分かんないよ……』

「これは俺の身に降りかかったことでもあり、お前の身に降りかかったことでもあるんだぞ？　他人事じゃないんだ。現実から目を背けるな」

『でも、君の言う事には、そう、証拠がない……。君はお父様が黒幕だと決めつけたがってるように聞こえる』

「……確かに、そうかもしれないな」

『そうだよ。僕にはやっぱりお父様が僕たちを殺そうとしただなんて思えない。どうせ死ぬなら、せめて家族を信じて死にたい。僕らは正体不明の殺し屋に嵌められた、その方がまだ救いはあるじゃないか』

「救い、ね」

『………』

『………』

「分かった。とりあえず俺は言いたいことを言った。それだけで多少すっきりしたよ」

「俺は寝る」

『……うん、僕も寝るよ』

地下牢に、凍り付くような夜が染みわたる。

石と苔と水と鉄がさびた臭い(におい)がするだけで、何の音もしない。

俺は十六年間の人生を、光る砂を掬い上げる(すくいあげる)ように思い出していた。時の流れは針が止まったようにゆっくりで、過去に浸る時間は嫌というほどたくさんあった。

○

『ねえ……、起きてる？』

「――――ああ」

『あの後ちょっと考えてみたんだ。冷静に、君の言ったことを』

「それで？」

『さっき言ったことは撤回する。僕も、君の言ったことが正しいと思うよ。あの殺し屋たちを雇ったのはお父様だ、ジェイルじゃない』

「どうして考えが変わったのか、理由を聞いてもいいか？」

『僕はね、君みたいに論理的に物事を考えたりはできない。でも、お父様とは君よりも僕の方が結びつきは強いはずだろ？』

「そりゃあそうだな」

『さっきのお父様の顔は、暗くてよくは見えなかったけど、本心を言ってる時の顔じゃなかった。嘘、とは少し違ったけど、後ろめたいことがある時の顔だった。そういう時お父様は怒るんじゃなくて、怒ったふりをするから……』

「お前がそう言うなら、そうなんだろうな。それで、その結論でお前は大丈夫なのか？」

『か、悲しいよ。それに悔しいさっ！　当たり前だ、実の親に裏切られるなんて、あんまりだ。だけど……、真実に目を背けて死ぬ方が、もっと悔しいと思った！　僕だって男だ。覚悟を決めるんだ、最後くらいは……！』

「ああ、お前は立派だ。立派だよ。簡単に言える事じゃない。安心しろ、ここは独房だ。大声で泣いたって誰にも怒られやしない」

『──う、あぐ、うう。ああ、あああああぁぁぁ……!!』

「………」

○

長すぎる夜が明けた。

夜通し泣き明かし、涙を枯らした目に頭上から降り注ぐ朝日が刺さって痛い。俺は重たい瞼を開け、すっかり薄汚れた自分の体を見た。

明朝、俺を断罪するとドーソンは言っていた。今が何時か知らないが、執行の時はそう先ではないだろう。だが、一晩で俺の心は驚くほど軽くなっていた。この世への未練がなくなったという訳ではないが、不思議と押しつぶされそうだった死への恐怖が消え失せていたのだ。

理由は俺自身にも分からなかった。

「――――ん」

俺が壁にもたれかかった体を起こそうとした時、何かが地面に転がっていることに気が付く。それは、昨夜まではなかったもの。もしくは気づかなかったものだ。

俺は思わず頭上の窓穴を振り返った。だがそこには誰もおらず、静かな朝焼けの空が覗くのみだ。理由は分からない。でも、これは偶然ではなく、誰かの意志だ。

俺は落ちているそれを拾う。

それは、紛うことなく『魔法の杖』だった。

第五章　決別

早朝のナラザリオ邸に何かが爆発するような音が響いた。

地面が大きく揺れ、屋敷の窓が震え、その衝撃はまだ寝ぼけ眼だった屋敷の住人を等しく揺り起こした。

俺は叫ぶ。

「ドーソン・F・ナラザリオ!!　降りてこい!!」

地下牢から抜け出した先は裏庭だ。建物を見上げれば、窓の向こう側で使用人たちが俺の姿を捉えて狼狽える様子が見える。

俺は杖を握りしめ、ドーソンの部屋がある方角を睨み付けた。

「な、何をしている、貴様ッ！　一体どうやって……!?」

当然、ドーソンより先に駆けつけてくるのは衛兵たちだ。彼らは地下牢から地上に向けて開いた大穴を見つけ、俺の姿と交互に見比べて騒ぐ。

「とにかく囲め！　団長殿はまだか！」

「あいつが手に持っているのはなんだ！」

「確かに身体検査はしたはずだぞ⁉」

剣を手にジリジリと取り囲む四、五人の衛兵を眺め見て、俺は手元の杖を僅かに振る。すると俺の背後に無数の氷の球が発生した。

「それ以上近づかないで下さい。俺が用があるのはドーソンだけです」

「ふ、ふざけるな貴さ――――、あがっ！」

俺の忠告を無視し、憤然と一歩踏み出してくる衛兵の剣が氷魔法によって弾き飛ばされる。俺は動揺する衛兵たちの顔を見て言った。

「……今のが頭に当たればどうなるかくらい分かるでしょう。弾は無限にある。だが、近づいて来なければこちらから危害を加えることはしません」

「くっ……！」

「おい！　団長殿を早く……！」

「団長ではなくドーソンを呼べと言っている‼」

話の通じていない衛兵たちを、俺は再度怒鳴りつけた。

杖に魔力を込め足元に放つと、氷柱が波となって扇状に広がる。アイスピックのように鋭い先端が衛兵たちに向けられた。それは威嚇であると同時に、境界線でもある。

衛兵たちは怯えるような目線を交わしたあと、そのうちの数人が屋敷の方へ向かって行った。

しばらく待った後、甲冑の仕様の違う、背の高い男が現れる。

　俺はこの男を覚えている。昨日俺の首に剣を当てた男だ。

「……耳が付いていないんですか。俺が話があるのは、団長殿ではありませんよ」

「ドーソン様と会わせるわけにはいかない」

「何故」

「君が犯罪者だからだ。伯爵殿に危害が及ぶような可能性は一切容認できない」

「……少し話をするだけです。危害を加えるつもりはない」

「その保証がどこにある。君は昨晩自分が何をしたのか忘れたのか」

　衛兵団長はなるべく俺を刺激しないような声音で言う。だが、その右手はしっかりと剣の柄に添えられていた。

　客観的に見れば当然の対応か、と俺はため息をつく。

「………なら仕方ない。こちらから訪ねるしかありませんね。幸い、部屋の場所なら知っていますから」

　俺が一歩足を踏み出すと、衛兵全員が一斉に身構えた。

「待て！　そんなことをさせるとでも思っているのか！　いいか、今その手に持っているものを放せばまだ間に合うんだ。冷静になれ」

　衛兵団長は冷や汗を額に浮ばせながら声を上げる。だが肝心の説得部分があまりにもお粗末だ。

「一体、何が間に合うんです？　このまま牢に戻って、それから大人しく殺されろと？」

「……！　それでも、これ以上罪を重ねることはない！　君とて人殺しにまで堕ちたくはないだろう？」

「……人殺しを捕まえたいんですか？　ならあなたたちが必死に守ろうとしている伯爵殿とやらを牢にぶち込めば仕事は終わりですよ」

「ど、どういう意味だ？」

「ここで罪の所在について議論する気はありません。俺の嫌疑を晴らしてほしいとも、もはや思わない。ただあの男とは話をしなければならないんです。今俺が屋敷に入ることが好ましくないのは理解している、だから最初からここへ来いと言っているんです。……俺の目は理性を失った犯罪者のそれに見えますか？」

「し、しかし、いくらなんでもその要望は……」

話にならない、と俺は断じた。

「ドーソン!!　お望みならここで要件を全部叫んでやろうか!!　俺は別に構わないぞ!!」

三度叫んだその直後、横から足音がする。その場の全員の視線がそちらに向けられた。

「…………」

顔を見せたのはドーソン・F・ナラザリオ――、昨晩まで俺の父だった男である。

俺はようやく姿を見せたドーソンに向けて杖を構えて言う。

「その顔は、状況を察している顔だな」

ドーソンは俺の口ぶりに一瞬怪訝な顔をしたが、しかし何も言わない。かわりに衛兵団長の方を向いて、ぎこちなく顎をしゃくった。

「…………いい。下がれ」

「⁉ ドーソン様、何を言っておられるのですか！ 彼はもはや丸腰ではありませんよ⁉」

「下がれと言っている。全員だ。屋敷の者も誰もこの場所には近づけるな。……聞こえないのか」

衛兵団長は目を丸くしながらも、やがて衛兵たちを引き下がらせた。

朝の裏庭に、俺たちはついに二人きりになる。

まるで銃口のように杖の先を向けられたドーソンは、ここからでも分かるほど肩を震わせていた。昨日の夜の態度との違いに思わず苦笑する。

ドーソンが絞り出すように声を出した。

「その枝は、どうした……」

「この状況でお前に質問をする権利があると思うのか？」

「――――」

俺が昨日されたのと全く同じ返答をすると、ドーソンは言葉を失う。今は二人の間に鉄格子はない。それだけで、かつて父親だった男はあまりにも小さく見えた。冷や汗をかきながら震える様はまるで蛇に睨まれた蛙だ。

「わ、私を殺すつもりなのか……？」

「それは、殺される心当たりがある奴の台詞だな」

「い、いや……、心当たりなどない！　何について言っているか分からんのだ！　言っておくが、お前を牢に入れたことを言っているのなら、私は領主として当然の振る舞いをしただけだ！」

「もし本当に恥じるところがないのであれば、ここへ来る必要も人払いをする必要もなかったはずじゃないか。お前はしっかり自覚している筈だ、自分が悪事を働いたということを」

「悪事とは、一体何のことだ……」

　俺は煮え切らない態度のドーソンに嫌気がさし、一歩近づいて言う。

「よくも俺を嵌めたな、ドーソン」

「――ッ⁉　嵌める⁉　私がどうしてお前を――、ひいっ」

　ドーソンの台詞の途中で俺は杖先から氷の球を生成し、足元に向けて一つ発射した。

　その勢いで地面の一部が抉れて飛び散る。ドーソンは大げさにびくびくと体を震わせ、こけそうになった。

「全てを正直に話せと言っただろう。昨夜、最後にお前が言い残した台詞で俺は全部理解したんだ。不注意だったな。ようやく俺が殺せると思って油断したのか？」

「わ、分からない！　何を言っているのかさっぱり……！」

「階段から突き落とそうとしたのも、俺の寝室に魔法が飛んできたのも、殺し屋を雇ったのも、全ての黒幕はお前だということだ。俺が魔法に目覚める前から、そして目覚めた後も、俺を執拗に殺そうと画策した」

「…………！」

「特に昨日は、何度死にかけたか分からない。俺がこの屋敷に戻れたのは本当に幸運だった。だがお前は入念にも、俺を殺しきれない場合に備えて屋敷の者をも手にかけた。俺に全ての罪をかぶせて断罪をするために──」

一度言葉を切り、俺はありったけの憤りを込めて言う。

「──自分の屋敷の者を、手にかけたんだ!!　自分が何をやったか分かっているのか、ドーソン!!」

「──────ッ！　ど、どこにそんな証拠がある！　全てお前の妄想ではないか、馬鹿馬鹿しい！　その事実を触れ回ったとして誰が信じるというのだ！」

ドーソンは呼応するように声を荒らげた。

だが威勢がいいのは声量だけで、ドーソンの目線は俺とは別の場所を泳いでいる。

「確かに、お前が黒幕だという事実を立証する術は、今の俺にはまだない」

「……！　当然だ、だからそう言って──」

「だが、お前にとっての問題は、誰でもない俺がそう確信しているという事だ。今の俺にはお前を私的に裁く力がある」

　俺がそう杖を握る力を強めると、ドーソンはたちまちに青ざめる。

「それにだ。言葉でいくら逃れようとも、お前の表情が、態度が、分かりやすく罪を認めているじゃないか。臭い演技をやめるべきなのはお前の方だな。せめて俺の目くらいまっすぐ見たらどうなんだ！」

「――わ、私は……ッ‼　私は………」

　ドーソンと俺の視線がぶつかる。

「私は、なんだ？」

　俺がその先を促（うなが）すと、ドーソンは下唇を噛（か）んで体を震わせた。

　反論を必死に探しているらしいが、何も出てこない。ドーソンはまたも目線を地面に落とし、悔しげな表情を浮かべている。その態度がもはや自白に等しいと気づいていないのだろうか。

　ならばせめて、目に見える形で立場を分からせてやろうと俺は思った。

　キイイという音とともに鋭い冷気を発する氷の刃（やいば）が宙に現れる。それはドーソンの頭のまわりをゆっくりと回った後、ピトッと首に添えられて止まった。

「――――」

　ドーソンが全身を粟立（あわだ）たせた。少し俺が力を入れれば、たやすく首に切れ目が入るだろうことを悟り、顔色は青を通り越して白色になる。足ががくがくと震えるが、首元に鋭い切っ先があてがわれていては膝をつくことさえできない。

「ここからは言葉を選んだほうがいい。お前が今選べるのは、真実か死かだ」

ドーソンは口をパクパクとさせ、それでもまだ何か言い訳を探そうとしていた。

だが、俺の魔法が脅しではないことを理解し、やがてがっくりと肩を落とす。瞼を固く瞑り、なお懇願するように謝罪の言葉を述べ始めた。

「……お、お前には、すまないと思っている……。お前からすれば、あまりに理不尽だと、怒るのも当然だ。だ、だが、私にもナラザリオ家当主としての立場があった……。これは、やむを得ない決断だったんだ。だから、ゆ、許してほしい……、頼む、息子よ……」

「────息子だと？」

俺は余りにも今更な台詞をのうのうと吐いたことに驚き、そう問い返す。そしてさらに強く氷の刃を押しあてた。

「そのつながりを断ったのはお前だろうが……！　俺など生まれてこなければよかったと言ったのも、息子ではなく一人の人間として裁くのだと言ったのもお前だ。それが今更、許してほしい息子よ、だと？　どれだけ面の皮が厚ければそんな台詞が吐ける……！」

俺の熱と反比例するように、氷の魔法は冷気を際限なく増していく。

ドーソンの首元に、ぞわりと霜が走った。

「わ、わ、悪かった……！　その通りだ、あまりにも虫がいい言葉だった。すまない……。だが、悪いと思っているのは本当だ。言ってくれ、何が望みだ。私はお前に、ど、どうやって償えばいい……？」

「俺が今更、償いなど求めていると思うのか……？　これまでのようにこの屋敷で暮らせるよう望んでいるとでも？　じゃあなんと説明するつもりだ。お前の口から、雇った殺し屋が俺に姿を変えて襲った、全て自分の企みだったと白状するのか」

「――――、そ、それはまずい。それだけは。だが、何かうまい方法で誤解は必ず解くと約束しよう！　本当だ！」

「一度ならず二度、二度ならず三度も俺を殺そうとした男の言葉を信じられると思うか？」

「では、どうすればいい！　どうすれば許してくれるんだ……！」

ドーソンは俺に縋るように許しを請う。

これもまた、昨夜の構図とは真逆である。

だがそれゆえに、俺はこの男と同じ人殺しに身を堕とすのは御免だと思った。それは同情と言うよりも嫌悪感に近かったかもしれない。

「なら――、お前が家を出て行け」

「――――」

「伯爵という身分を捨て、一族の金も名誉も捨てて、消えろ。そうすれば俺はお前を許し、この屋敷でこれからも暮らしてもいい」

「で、出てい…………？」

ドーソンが愕然と唇を震わせる。顔から汗とも涙とも判別ができない汁が滴っていた。

喉からヒュウヒュウという声にならない音を漏らしながら、俺を見上げている。

「そ、そんなこと、できるわけが……！　できるわけがないだろう……‼　そんなもの、もはや殺されるのと同義ではないか！　頼む、他の事なら何でもする！　だからそれだけは勘弁してくれ！」

「…………」

俺は伸ばされるドーソンの手を払いのけた。

ドーソンは、目に涙を浮かべて、震えながら頷いた。

「できない、と？」

皆に真実を明かすことはできない。

だがこの屋敷を捨てても生きていけない。

絶望の表情から低俗な葛藤が透けて見えるようで、いよいよ嫌気がさす。

俺はその表情をもはや見ていることができなかった。自分の心までもがどす黒く染まっていくようで、耐えきれなかったのだ。

俺は自問自答する。

俺がしたかったのは、こんな復讐か？　罪を認め、無様に許しを乞うているドーソンに然るべき報いを受けさせれば、俺は満足なのだろうか……。

『……………』

胸の中で、ロニーがゆっくり静かに首を振った。

俺もまた、それに頷いた。

「……そうだな。お前には今の地位を捨てることができない。何故ならお前という人間は、ナラザリオ家という地位があって初めて保たれるような、薄っぺらな人間だからだ。だからお前はその椅子にしがみついている」

「く――。……いや、お、お前の言うとおりだ。この家は私の全てなんだ。頼むから、私から奪わないでくれ……、頼む……」

「ああ、くれてやるさ」

俺は吐き捨てるように短くそう言うと杖を振る。氷魔法が砕けて宙を舞った。

そのことで、ドーソンが糸が切れたように膝から崩れ落ちる。両手をつき、ぎこちなく俺を見上げるドーソンは信じられないというように問い返してきた。

「……え？　い、今、何と……？」

あっけにとられた表情のドーソンから俺は視線を外し、今日まで自分が暮らしてきた屋敷を見上げた。

朝の陽光を背にするそれは薄く影がかかり、沈黙の中に何かを語りかけてくるような気がする。

「お前が必死にしがみついているそれは、俺には全く興味がないものだ。ナラザリオという家名も、豪邸での安定した暮らしも、長男という境遇も要らない。俺が今後の人生をささげる魔法の研究に、それらは必要ない。ならば、全て捨ててやるとも」

「――――」

「俺の望みを言う。二度と、俺に関わるな」

「そ、それは、つまり……？」

ずっと透明人間として暮らしてきたとはいえ、俺にも思い出くらいある。

果たしてこれは後悔だろうか、それとも未練だろうか。どうも違うように思われたが、そうでなければ、この胸を締め付ける寂しさの正体は何だろう。

十六年間という決して短くない時間の重み――、なのだろうと思った。

「俺は自分の意志でこの屋敷を出て行く。お前に追い出されるのではなく、確固たる自分の意志でな」

「で、出て行く……？」

「言っておくが、俺だけはお前の罪状を知っている。もしお前から何らかの干渉を感じたら、その時は今度こそ躊躇せずお前を殺しに動くからな。たとえどこの誰を差し向けようと、俺は必ず生きてお前のもとに姿を見せる。これが脅しではないことは、もう嫌というほど味わったはずだな……？」

「――そ……。わ、分かった……」

ドーソンは四(よ)つん這(ば)いのまま、うなだれるようにして頷いた。それはまるで土下座をしているかのような格好だ。

屋敷の方向からは無数の視線が注がれているだろう。使用人たちは罪人である息子に向かって泣きながら頭を下げる主(あるじ)をどう見ているだろうと想像し、俺は尋ねる。

「ヨハンはまだ、部屋で寝かしつけているのか」

「──あ、ああ。ヨハンは昨夜からずっと、部屋で何も聞かせないようにしている……」

俺は小さく息を吐き、身をかがめてドーソンに顔を近づけた。

「ヨハンに俺の事を何と伝えるかは知らんが、絶対に余計な心配をかけさせるな」

「え」

「俺がお前を生かしてやるのは、お前と同じ所へ堕ちない為だけじゃない、ヨハンの為だ。お前のような男でも、一応は屋敷の主であり、父親なんだ。ヨハンにはまだ父親が必要だ。だからせめて、あいつにとってくらいはいい父親を演じろ。俺にできなかった分の愛情を注げ。人生を懸けてだ」

「──わ、分かった……！　それはもちろん、いや、全てお前の言うとおりにすると約束する……！」

ドーソンは小刻みに頷く。

果たしてどれだけの信憑性(しんぴょうせい)があるかは分からないが、ドーソンからすればヨハンだけは手放すわけにはいかないはずだ。今の地位を失わないためにも。

「…………」

用件は言い終えた――、そう判断した俺は立ち上がり、ドーソンに背を向けた。

目線の先には邸外へと続く朝焼けの道が延びている。

俺はポケットに手を突っ込む。無論、中には一銭も入っていない。一ヶ月を費やした研究資料も、せっかく依頼して作ってもらった実験器具も持っていない。そもそも鞄さえどこかへやってしまったのだ。俺は一瞬自分の部屋の方向を顧みるが、どれもこれもナラザリオ家のロニーでなくては得られなかったものだと思えば、持っていく気にはなれなかった。

あるのは結局誰が仕向けたのか分からない魔法の杖と、襲われる最中に無意識にポケットに入れた割れた水晶の欠片だけだった。

振り向けばドーソンは唇を噛んで、力なくうなだれている。地面に数滴水が滴ったが、それがなんなのかは知らない。

俺はドーソンを一瞥だけして、一歩を踏み出そうとした。それを止めたのは、弱々しい問いかけが聞こえたからだ。

「――――ロニー。私を、う、恨んでいるか……？」

「…………」

それは昨日の朝、かけられたものと同じ問いだった。

しかし、たった一日の間にあまりにも多くの事が起き、あまりにも多くの感情が起こり、見える景色はまったく変わってしまった。

俺は答えず、逆に問い返す。

「ドーソン、お前は息子を……、ロニー・F・ナラザリオを愛していたか？」

地に手をついたドーソンの顔が、先ほどまでとは違った形に歪（ゆが）んだ。問いかけの意味を探っているようにも見えた。

「……あ、ああ。ロニー、私は――――、ぐうっ！」

言葉の途中でドーソンが後ろに倒れこむ。

殴り方が下手だったのだろう、ジンジンという鈍い痛みだけが手に残り、俺は、別に大してすっきりもしないのだなと思った。

「お前にも、理由の一つくらい用意してやる。ナラザリオ領領主に手を上げて追放――――、それが俺の罪状だ」

ドーソンはもはや何も言わなかった。

俺は改めて足を屋敷の出口へと向ける。

そして、もう二度と振り返ることはなかった。

○

俺は街を迂回（うかい）し、プテリュクス湖で杖の予備を回収した後、最短でナラザリオ領を抜ける山道を歩いていた。一日で越えられる山ではない。仮に泊まれる宿があったとしても金がないから、今晩は野宿となるだろう。

「…………」

とぼとぼと歩く自分の足元を見つめながら、これでよかったのだろうかと自問する。

そしてすぐに、これしかなかったのだと自答する。

あれ以上ドーソンを痛めつけても、奴の為（な）したことを屋敷の者に全て明かしても、奴らが仕組んだ通りの殺人犯役を演じて怒りのままに暴れたとしても――、きっと俺の気は晴れなかっただろう。そもそも、使用人たちはただ騒動に巻き込まれただけの被害者だ。実行犯たるジェイルに対しても、ドーソンからの命令を受けていただけと考えれば、明確な怒りはわかなかった。

「俺が消えたことによって皆に日常が戻るのなら、それが一番いいはずなんだ。俺が見えていなかった頃に戻るだけなんだから……」

そう呟（つぶや）く。

瞼を閉じると、ヨハンやカーラと過ごした、楽しく刺激的な日々が思い起こされる。

だが、それはもう戻ってこない日々だ。そう割り切らなければならない。

自分の意志で屋敷を出て行くのだと俺は宣言したのだから。

屋敷の者たちの平穏を守る為に、ドーソンを生かし、俺が去る選択をしたのだから。

「さて、何にせよ問題はこれからだ。野宿でしのげたとしても数日、食料も確保しなければいけないことを考えると、まずは金を稼がないとな。しかし、この格好じゃあ……」

俺はそこで自分が着ている服をくるっと眺め見る。泥だらけの洋服、背中には痛々しい血の跡が残っている。まともな店なら立ち入りさえ断られるだろう。洗って落ちるレベルじゃないよなあと思いつつ、服をめくってみる。すると、ナイフが刺さったはずの場所に指が触れた。

そこはすでにかすかな凹凸しか感じられず――、瘡蓋さえできずに皮が張っている。

「ふむ……。今回の一件で残っている大きな謎の一つだな。殺し屋が何故消えたか、そして俺の傷が何故癒えているのか……」

本来なら全治数ヶ月となっていたはずの傷が、である。

「――あ、それ、ボクのおかげボクのおかげ！」

「⁉」

突如聞こえた声に、俺は驚いて山道を見渡した。しかし、俺以外に人の姿はない。

確かに、すぐ近くから声が聞こえたと思ったのだが――。

そう思った瞬間、するりと何かがポケットから抜け出す感触を得る。水色の紐のようなものが視界をよぎって、目の前に浮かんできた。

「ん？　あれ、どこだここ、丘じゃないや。もしかして夜明けちゃってる？　あ〜、やっぱり元となる魔力がこんな欠片だと時間感覚も狂うんだなあ」

「セ、セイリュウ、お前、何で……⁉」

「知らないよ。何でボクここに居るの？　ああ、でもキミが生きてるみたいでよかった。ボクが必死に守った甲斐があったたってことかな？」

「はあ……？」

絶妙に噛みあわない返事を返しながら、セイリュウが俺の首元に巻き付く。

「とりあえずあの後、何があったかボクに説明してみたまえよ。見た所、どこかへ行く途中なんだろ？　いいねえ、ボク外の世界を見るの久しぶりなんだ。あ、もう少し登ったらちょうど景色が見渡せそうじゃないかい？」

「――――」

「何ぼけっとしてるんだい。言っておくけど、ボクはあの時自分の存在が消えることを覚悟してキミを守ったんだぜ。キミが生きているのは、つまりはボクのおかげという訳さ。そういう訳だからキミはボクのいう事を聞く義務がある。すなわち、早く見晴らしの良い所へボクを連れて行く義務があるわけだ」

俺は、セイリュウに急かされるまま峠の頂上を目指した。

その道すがらで、昨日今日起きたことを簡単に説明したが、俺が屋敷を捨てたと聞いたセイリュウはアハハと笑い飛ばした。さらには無一文で杖以外何も持っていないこと、今日の宿さえ当てがないことを明かすと、腹を捩って大笑いしていた。

俺もそれにつられて、思わず笑ってしまった。

「宿の当てがないと言ったって、行く当てくらいはあるんだろう？」

「それはまあ、あると言えばある。あっちも受け入れてくれる……、はず。だと思う。多分。問題はそこに行くには歩いて何日かかるか分からないって事だが」

「まあまあ、ナイフで刺されても死ななかったんだ。人間て案外丈夫なもんだよ」

「お前がそれを言うのか」

俺たちは見晴らしのいい場所に立ち止まり、眼下に見下ろせるナラザリオ領を眺めた。俺の存在など気にもかけていないようないつもの街並みに、俺は安堵に近い念を抱く。

俺は首の周りをご機嫌に飛び回る精霊に尋ねた。

「それで？　昨日の夜どうやって俺を助けてくれたんだ。俺が気を失った後に何があった」

「ええ～？　そんな大事な話題をもうしちゃうの？　先は長いんだろ？」

セイリュウは勿体つけるように頬を持ち上げ、顔を綻ばせながら言った。

「ここからだよ、ロニー。ここからナラザリオの名を捨てたキミの人生が始まる。楽しみだねえ！　言っておくが、魔法はまだまだキミの思っている以上に奥深く、世界は広いんだぜ！」

俺は、こくりと頷き返して言った。

「それは楽しみだな」

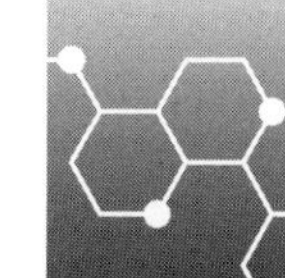

幕間

ロニー・F・ナラザリオがナラザリオ邸を後にしてから、十日が経った。

見るも無残だった伯爵邸には迅速な修繕の手が入り、既にわずかな傷跡や穴も残らないまでになっていた。

だが使用人たちの体に巻かれる包帯はいまだ痛々しく、表情も暗い。その要因のほとんどは脳裏に刻まれた死の恐怖だろうが、『屋敷であの夜何が起きたか、一切の口外を禁ずる』と厳しい緘口令が敷かれたのも大きかった。

幸いと言うべきかなんと言うべきか、あの夜に起きた事件について、街の住人に漏れた情報はごくわずかだった。屋敷と街に距離があること、夜遅かったこと、事件に大きく関与していたのが他でもない屋敷の長男だったことが、一応の要因だったろう。

領民が知りえたのは、どうやら怪我人が大勢出るような事件があったらしい。屋敷がひどい有様になっているらしい、くらいのものだった。

ドーソンは『ロニーは領外に追放した。ゆえに、ロニー・F・ナラザリオなど元よりおらず、ヨハンが長男となる』という最低限のことしか述べなかった。妻や、息子にさえもである。

追放――、確かに犯罪者に向けてそのような刑罰が下ることはあるだろう。

しかし、そもそも死罪を強行採決したのは他でもないドーソンなのだ。それが独断によって再変更されたことにはさすがに怪訝な目線がむけられたが、ついにドーソンが口を開くことはなかった。

どれだけ無茶な言いぶりだろうとも、領主がそう言うのならば仕方がない。

事情を知る者は不承不承ながらに納得するしかなく、事情を知らぬ者はそもそも影の薄かった長男が消えたことさえ気づかない。

それは、ロニーとのやり取りを明かせば立場のないドーソンの、極めて強引でその場しのぎ的な黙らせ方ではあったものの、ロニーが望んだとおりに、彼の存在は『いないもの』もしくは『いなかったもの』となり、ナラザリオ領は元の日常を取り戻していくように思われた。

しかしそれは――、ほとんどの人にとってという意味である。

ヨハン・F・ナラザリオは屋敷襲撃事件によって怪我を負わなかった数少ない一人だった。事件の最中もドーソンの計らいによって最上階の部屋に匿われていたヨハンが知っているのは、遠くから聞こえる悲鳴と逃げ惑う足音――、そして部屋を出て目にした変わり果てた屋敷の姿だけだった。

誰に聞いても、何が起こったのかを説明してくれる者はいない。

にもかかわらず「ロニーの事は忘れろ、これからお前が当家の長男だ」と告げられたのだ。

聡明なヨハンがそこに何かを察しないはずがない。誰もが口を噤むという態度そのものが、起きた事の不穏さを語っているとも言えた。

あれだけ明るかったヨハンはふさぎ込み、自室から出ようともしない。ヨハンの胸に浮かんだのはまずナラザリオ家そのものへの不信感。後ろめたい部分を隠そうとすることへの嫌悪感。

そしてその後、毒が染みわたるように襲ってきたのは、慕っていた兄に対する失望感だった。


僕は兄様が大好きだった。他の誰が何と言おうと、優しい兄様が好きだった。

兄様も、そうだと思っていたのに。

なんで僕に何も言わず屋敷を去ってしまったのだろう。

兄様も僕に後ろめたいことがあったのだろうか。

ちゃんと話してくれれば、僕は全力で協力したのに――。


ヨハンはカギを閉めた自室の窓から中庭を見下ろし、あの日言葉を交わした兄の姿を思い描いていた。その目によぎった影は、少年から青年に変わる時の寂寥を含んでい

たかもしれなかった。

○

「また随分と、話が変わったものですね。ドーソン伯爵」

豪奢な造りのソファに身をゆだねながら、白髪に眼鏡の細身の男が言う。口調は柔らか、だが全身から漂う雰囲気は言葉の印象とは真逆だ。

トゥオーノ・グラスターク侯爵――。

グラスターク領を統治する、グラスターク家の現当主である。

「私は何度貴方から失敗の報告を聞けばいいんでしょうね。まあ、これが最後だと思えばさすがに安堵が勝りますが……」

「トゥオーノ侯爵には度重なるご心労をおかけしまして、もはや言い訳のしようもございません……」

沈痛な表情でドーソンがそう頭を下げているのは、グラスターク邸、トゥオーノの自室。窓の外にはナラザリオ領よりも、やや乾いた砂を含んだ夜の風が吹いている。

窓を覗けば、王都からもこれを目当てにやってくる人がいるらしい巨大な歓楽街が見下ろせた。

「追放――、ですか」

トゥオーノがいかにも納得していないといった風に呟く。

ドーソンはそれに対しバツが悪そうに俯くばかりだ。

「しかし、差し向けた殺し屋が失敗し最終手段にまで至らされた――、というのはさすがに驚きですよ。余程の強運の持ち主なのですねぇ、貴方の長男は」

「……元、長男です。今や当家とは何の関係もありません。そこについてはご安心いただければと」

「ろくに公表もできないような私刑にどれほどの意味があるものか……。まあ、こちらからこれ以上関わりを持とうとしなければ無関係を決めてくれるという言で一旦妥協をするしかありませんね……。繰り返し聞きますが、何かこちらの不利になるような物的証拠は握られていないのでしょうね」

「ええ、それはないと思います、が――」

ドーソンは顔を俯かせながらも、やや睨むような視線をトゥオーノへ向けた。

「屋敷の使用人にまで手を出す必要が果たしてあったのか……、その点が私としてはいささか疑問です……。意図は分かりますが、それでもやりすぎだったのではありませんか？」

トゥオーノはその問いに小さく鼻を鳴らし、呆れたような口調で言う。

「やりすぎ……？　長男を殺すことに同意しておいて、やりすぎですか？　今更そんな道義心をかざされても困りますね。毒を食らわば皿まで――、もし保険をかけていなければ、あなたは追放という落としどころさえ選べなかったんですよ。むしろ首の皮一枚保たれたのは私のおかげでもある。感謝して欲しいくらいです」

そう睨み返され、ドーソンは少し慌てるように居住まいをただした。

「し、失礼いたしました。トゥオーノ侯爵の計らいには、当然感謝しております……！」

「本当なら私は今からでも口を封じるべきだとは思いますが、あのマーチェスファミリーまでをも退けたという事実、そもそも魔術師ダミアンに並ぶほどの実力を示した事実は、慎重に受け止めるべきです。これ以上こちらから手を出せばさすがにボロが出る。立場上、あなたに死んでもらう訳にもいかないのですから」

「と、当然恒常的に警備態勢は厚くしますが、奴が手段を選ばないとしたら正直どれほどの意味があるかは分かりません。ここはおっしゃる通り、一度ケリがついたと見て本来の話を進めるべきかと……」

ドーソンがそう進言すると、トゥオーノは唇を曲げながらも一応頷(うなず)いた。

グラスに注がれた酒をグイッと飲み干すが、その白い顔色に変化はない。

「全く、無能な長男を片づけるだけの話が、面倒なことになったものですよ。事故死の偽装が初めに失敗したと聞いた時点で既に嫌な予感はしていましたが――」

「申し訳ございません……」

「マルドゥークの失敗もまた予定外。いや、そこから起こった魔法の覚醒などという訳の分からない報告が全ての元凶とも言えますし。全く、こんなことならばフィオレットとの婚約公表を急ぐべきでは……。ああ、駄目ですね。過ぎた事への愚痴を言っている時点で時間の無駄です。貴方の長男は消えた――、それが今回の結論です。いいですか」

「はい、トゥオーノ侯爵」

ゴトッ、と大きな音を立ててグラスをテーブルに叩きつけるトゥオーノ。

腕をソファの背に投げ、見るからに苛立っているのが分かる。ドーソンはただただこれ以上不機嫌にさせないように同意の姿勢を見せるしかできなかった。

「グラスターク家次女フィオレットは、ナラザリオ家の長男ヨハンと婚約する。才覚溢れる両者は民からの羨望を集め、両家のつながりを象徴するものになる――。それが我々の用意した筋書きです。過程が狂おうとも、結末の変更は許されません」

「……はい」

筋書き。

これはトゥオーノが度々口にしている言葉――、一代の内にグラスターク領の産業を大きく発展させたこの男の、哲学とも言える考えだ。

気に食わない演者はことごとく排除し、気に入った者にスポットライトを当てる。演目を予定通りに完了させるためには、手段も手間も惜しまない。そんな男が愛娘の為に用意した舞台が、目も当てられぬほどに散々なものとなった今回。トゥオーノの苛立ちは最高潮に達していた。

　全ては、すぐに退場するはずだったロニー・F・ナラザリオという端役が出すぎたせい。それを抑止できなかったドーソンの力不足が、破綻の原因だった――、と、彼は考えている。

「はぁ」というため息を漏らし、トゥオーノがおもむろに立ち上がる。グラスを片手に持ちながら、グラスタークの街並みが一望できる窓へと歩み寄った。

　細身で背の高いトゥオーノが立つと、どこか幽鬼のような不気味さがまとわりつく。ドーソンはソファに座ったままそれを見上げている。

　正直に言うと、ドーソンはこの男が苦手だった。ナラザリオ領の倍の面積があるグラスターク領を統治し、ここ十年で精力的に発展させた手腕は素直に感心する。

　しかし、自分以外の全てを駒としか思っていない冷徹さ、自身の筋書きに対する異常なまでの執着、その為には道徳心など丸ごと捨ててしまうような、残酷で執拗な白い毒蛇のような男。

　自分には、ここまで徹しきることはできない。

　どうしても、あり得たかもしれない可能性に縋りたくなってしまう。

　あと一年ロニーの魔法の目覚めが早ければ、ロニーとフィオレットが婚約し、全てが丸く収まったのではないか。もしくは魔法になど目覚めなければ、哀れな出来損ないとして計画通りに葬り去れたはずではないか。何故十六年間何もできなかった息子が、今このタイミングで――……。

　これではまるで、精霊がロニーを生かそうとしているかのようだ。

だとすれば、ドーソンが犯そうとした罪は、子殺し以上に重いのかもしれない。

「ともかく話は以上です。馬車を用意させるので、夜のうちに帰りなさい」

「――ええ、それでは失礼いたします」

「言っておきますが」

トゥオーノがふと、ドーソンの目の奥を覗き込むように言う。

　全てを見透かすようなこの目も、たまらなく苦手だった。

「部屋に未だふさぎ込んでいるらしいヨハンくんですが……、中途半端な対応は許しませんよ。彼には今後のナラザリオ家を背負ってもらわなければいけない。私は彼の若き天才性を買って婚約を許可し、ここまでの労力をはたいたのですから」

「……もちろん、分かっております」

「貴方のそれは、信用なりませんがね」

「…………」

ドーソンはグラスターク家の使用人に案内され、トゥオーノの部屋を後にした。

気が抜けた瞬間にまたも襲い掛かる感傷を、ドーソンは即座に心の中で殺した。

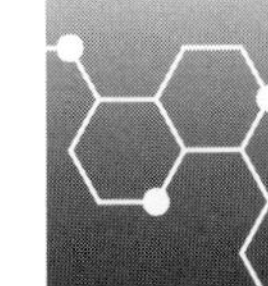

第六章　王都の朝

ゴォン、ゴォン……、という重厚な鐘の音が頭上で響く。

見上げれば首が痛くなるほどの、白く巨大な建造物は、早朝の日差しを受けて荘厳(そうごん)に佇(たたず)んでいた。

まばらな人の流れに沿いながら石階段を上り、やがて待ち構えているアーチ状の扉をくぐる。入った先はひんやりと涼しく、コツンコツンという足音が石造りの堂内にこだまする。

早朝にもかかわらず、十数人ほどの人影がみえる。だが、興味本位で見物しているような者は俺以外におらず、皆一様に石の床にひざまずき、手を握り合わせて、祈りをささげていた。

祈りをささげる先は、六体の精霊が輪っか状に並ぶ白い石像だ。

六体の石像はそれぞれ鳥、猫、亀、太陽、月、そして——、蛇。

天窓から精霊の像に光が注ぐ様は、なるほど以前の世界の寺院仏閣と通じるものがある。形容しがたい神聖さには、自然と頭(こうべ)が垂れかける。

いや、事実そうしていただろう。

こいつがいなければ。

「見て見て！　あの凜々しい蛇の像。ボクそっくりだよ！　造った人は分かってるなあ、いや分かってる」

肩口をぬるぬると飛ぶ自称精霊は、蛇をかたどった石像を見つけて、場にふさわしくない大声を上げる。しかも腹立たしいことに、この声は俺にしか聞こえない。

マギア王国精霊教会、その総本山たるボルナルグ大聖堂に俺はいる。

精霊がこの世界を創造した、という通念に基づき精霊に信仰をささげる人々、またはそれを総括する団体だが、これはただの一宗教として語っていいものではない。国や地域によって教義や文化に若干の差はあれど、科学に取って代わって遍くこの世界を成り立たせているのが、この精霊信仰だ。

教科書には世界の成り立ちや精霊の神話が正史として記され、それを疑う者はいない。それもむべなるかな、この世界では精霊の奇跡たる【魔法】が日常的に使われており、疑う理由がないのである。

魔法は精霊の神聖さの象徴。

そして神聖さとは、謎に満ち、計り知れない事でその性質を保たれる。

人々は魔法が奇跡の賜物である事を願う故に、そこに不純な物が混ざることを恐れてさえいる。

この世界は精霊にかたちづくられた神聖なものである。

否、そうあってもらわなくては困るのだ。

もちろん、ナラザリオ領にも精霊教会はあった。さすがにここまで御大層なものではなく、ごく小規模なものだが。精霊信仰自体はどの地域にも根付いているが、その程度や規模の差はある。セイリュウの祠の人寂しさを思い返してみれば、ナラザリオは相対的に信仰心が強くない方だと言えるかもしれない。それでも、ナラザリオの人々が世界精霊起源説を疑っていなかったことには違いない。真実とされるものの前では、信仰心の多寡などさしたる問題ではないのである。

俺は人々がひざまずいている場所から少し距離を取り、美しい装飾の施された壁面に目を向けた。

そこには長方形の石碑が埋め込まれており、仰々しくこう書かれている。


『この世のすべては精霊が生み出したもうた。

そして人間にのみ、魔法を与えたもうた。

我々は精霊に選ばれし存在である。

我々は精霊に愛されし存在である。

感謝を忘れてはならない。

疑いや迷いは忌避しなければならない。

節度と慎みを持ち、生きねばならない。

そうして魂はまた、精霊の元へ還っていくのである』

そこへ背中からセイリュウが覗き込んできて、そして「ふっ」と小さく鼻で笑った。

俺は心の中で「お前がそのリアクションしちゃ絶対ダメだろ」と思った。

俺たちはしばらくの間、建造物としても興味深い聖堂内を眺め回っていたが、徐々に来訪者が増えてきた事と、ろくに祈りもせずにうろうろしている輩へのジトリとした視線を感じ始めたので、いい加減退散する事にした。

教会を出ると、扉近くで控えていたオレンジ色の髪のメイドがすぐに気付く。

「オランジェット、お待たせ」

「いえ」

オランジェットは無表情のまま、すっと俺の横についた。出会ってすぐの頃はひょっとして怒っているのだろうかと心配したが、どうやらこれが彼女の平常運転らしい。

俺は振り返り、巨大な聖堂を今一度見上げた。そこで建物上部のテラスに小さな人影が動くのが見えた気がしたが、すぐに引っ込んでしまったので結局よくは分からなかった。

○

俺は精霊教会を出た後、そのままの流れで、とある商工会館に向かう。

入り口にさしかかると、ちょうど集団が出てくるところと鉢合(はちあ)わせてぶつかりそうになった。朝早くだというのに、人の出入りは教会よりも激しい。朝早くだからこそだろうか。

人波をかき分けつつ中に入り、首を伸ばす。

受付カウンターのような場所。紙が雑多に貼られた掲示板。無数の話し声。隅に設けられた数席の丸テーブルでは、まさに商談中というような組合せが数組見て取れた。

「入り口近くでお待ちしております」

「分かった」

俺はオランジェットに小さく頷(うなず)くと、あらためて目的の人物を探した。

しかし苦労せず、丸テーブルに座った人々の中に、明らかに目立った容姿の人物が見つかる。

「ランタノさん！」

名前を呼ぶと、テーブルに顎(あご)を乗せていた、金髪つんつん頭の男がバッと顔を上げた。

「ローレン！　おいおい、ずいぶんと小綺麗になったじゃねえか！　泥まみれだった小僧がよ！」

「お久しぶりです。掲示板へのお返事、ありがとうございました」

「なぁんのなんの！　あの時拾った小僧がどうなったか、俺もずっと気がかりだったからな。しかし、随分と印象が変わったというか……。お前、そもそも眼鏡なんてかけてなかったよな？　髪も短くなったたし」

「ええ、まあ」

俺は鼻先にのせている眼鏡を持ち上げながら、言葉を濁す。ランタノもそれ以上、見た目の変化について掘り下げることはしなかった。

「それで、渡したいものってのはなんだ？」

「はい、これです」

懐から取り出したのは小さな布の袋。テーブルに置くとジャラリと音がする。

ランタノはそれを見下ろして、小さく眉をひそめた。

「……なんだ、こりゃあ」

「王都まで運んでいただいた足代です」

「あぁ？　別に俺ぁそんなものを催促した覚えはねえぞ。それに――」

ランタノは布袋を指でつまみ、紐を緩めて中をうっすらと覗く。

「足代にしても、随分と多いんじゃねえか？」

「ランタノさんは俺にとって恩人です。もしあの山道で声をかけていただかなかったら、王都に辿り着くのがどれくらい先になったか分からない。だから足代よりも、俺からの感謝の印と思っていただいて構いません」

「…………」

ランタノは俺の言葉を聞き、むすっと俯いたままエールを一口あおった。

行商人、ランタノ。

文無し状態でナラザリオ邸を去った後、旅費を稼がなければどうにも立ち行かないと思案していた俺の横を通りすがった、面倒見の良い兄貴気質の男である。運よく目的地が同じだったことと、荷台にも空きがあったという理由で、王都まで運んでやろうかと持ち掛けてきた。

俺にとっては天から降って湧いた望外な提案だった。仮にランタノが野盗か何かだったとしても、盗られて困るものなどなかったので、一も二もなく甘えることにした。よくよく聞いたところ、いい服を着ている割に泥まみれで、しかもぶつぶつと喋りながら山道を歩いている坊主をさすがに見過ごせなかったらしい。一部異議を差し挟みたいところではあるが、ともかくそんなアブナイ奴にも手を差し伸べるくらい、ランタノは情に厚い男なのだ。『ローレン』というのは、その時咄嗟に思いついた偽名である。

俺が王都に来てはや四ヶ月――、身の落ち着けどころが決まり、多少自由に使えるお金もできた。なので俺はこうして、商工会館の掲示板を通じてランタノを探し、恩を返そうと思ったのである。しかし――、

「受け取れねえなあ、ローレン。受け取れねえよこれは。お前みてえなガキ捕まえて、恩を売って金を巻き上げるような男にはなりたくねえんだよ。俺は」

そう言って、ランタノは俺が用意した金を突き返した。俺は予想外の返答に驚く。

「う、受け取ってください。俺が払いたくて払ってる正当な謝礼なんですから」

「小難しい言葉をガキが並べたてんじゃねえ。正当だとか、謝礼だとか、どこで覚えたんだそんな言葉。ガキはな、大人の厚意にゃ黙って甘えときゃいいんだよ」

「しかし、それじゃあ俺の気が――」

俺はなんとか礼金を押し戻そうとするが、ランタノは乱暴に手を振り払うばかりだ。

「いいか、これは兄貴分からのアドバイスだ。なんでもかんでも見返りとか対価を求めるのはいいことじゃねえ。確かにそういう事を耳心地のいい言葉で振りかざす奴もいるが、損得を抜きにした人間付き合いができた方が人生は絶対に豊かになる。俺に恩を感じてくれてんなら、そうだな、他の誰かに返してやれ」

ランタノはにかっと笑うと、機嫌よくエールを飲み干した。彼が言っているのは別に、日本人的な遠慮が美徳という精神でもないし、打算的な思惑からあえてそう言っているのでもない。

本心から礼はいらないと言っているのだ。それは確かに、短い間で俺が知った彼の人柄にもとるものではなかった。ならばこれ以上こちらが食い下がるのもまた無粋だろう。

「……分かりました。じゃあこれはなかったことにします」

俺は小さくため息をつくと、用意した金をポケットにしまい直した。

すると、さっきまで身を引いていたランタノが、前のめりに顔を近づけてくる。

「それで、本題に入ろうぜ。お前は今どこで何をしてんだ？　とりあえず不自由はないんだな？」

「はい、住み込みで雇ってくれる方がいまして」

「王都に行けば当てがあるって言ってたやつか。結局どこの誰なんだそいつは。それともまだ内緒か？」

「いえ、ランタノさんなら大丈夫だと思います。一応ここだけの話にしてもらえれば」

「言っとくが、こんな見た目でも商人だから口はかてえよ？」

「もちろんそこは疑ってはないんですが。ええと、実は今、魔術師の――」

「――おい‼　ランタノ‼　ランタノォ‼」

声を潜めてランタノに顔を近づけた瞬間、一階全体に響き渡るような大声が聞こえた。

驚いて顔を上げれば、入り口方向から大股で歩いてくるガタイの良い男たちの姿がある。

それを見つけた瞬間、ランタノの顔がアニメーションのように青ざめた。

「てめえ、随分と逃げ回ってくれたなあ‼　この前の賭けの負け分、払うまで帰さねえぞコルァ‼」

「やっべ……！」

ランタノはモグラのごとくテーブルの下に隠れるが、時すでに遅し。スキンヘッドにモリモリの筋肉といういかにもな見た目をした男たちは、俺の存在になど気にも留めず、テーブルの周りを取り囲んだ。

「出てこい、ウニ頭ァァ!!」

商工会館にいる全ての人々の視線が、俺の足元へと注がれる。

しばらくの沈黙の後、囁くような声が聞こえた。

「すまんローレン……、か、金貸してくれ……」

○

マギア王国王都『ボルナルグ』は遠目から見ると、巨大なプリンに小さなプリンを乗っけて、堀で外周を囲んだような構造になっている。

外郭を壁に守られた一段目のプリンの上面部分にあるのがいわゆる城下町。そこにはおよそ三十万人の人々の営みがあり、王国各地からの物流が集約するため商業も盛んだ。明確な仕切りがある訳ではないが、一段目のプリンは大まかに商業地区と居住地区に分かれている。

一段目の中心部からなだらかな階段を上ると、二段目に上ることができる。衛兵によって行き来が制限され、下段の街並みとは明らかに空気を別にする、貴族地区と呼ばれる場所である。王族や貴族、もしくは王宮で重要な官職に就く者が邸宅を構え、それ以外の者が住もうと思えば莫大な上納金を支払わなければならず、数多訪れる行商人の一人ひとりさえ、身元不明の者は決して立ち入ることはできない。

そして、その貴族地区の中央にいよいよ、王都のどこからも見上げることができるほど巨大な宮殿がある。王都の守備を外側に固めてあるため、堅牢さよりも優美さに重きが置かれているようだが、白と金を基調とする荘厳で巨大な建造物は、中世ヨーロッパ時代のそれとどことなく通じるものがあって興味深い。

あらゆる意味で、マギア王国のまさに中心と呼ぶべき場所だが――、どういう訳か俺は今まさに、その貴族地区に至る門をくぐろうとしている。

ロニー・F・ナラザリオとしては一度もくぐる機会のなかった門を。

「恐れ入ります。通行証明のご提示をお願いいたします」

オランジェットが真鍮製の小さな板を差し出すと、それを衛兵が受け取り、表裏を丁寧に検分する。憲兵にジロジロと顔を見られるため、頻繁な行き来は控えたいのだが。

検問所を抜けてから外壁に沿って右に折れると、やがて赤い屋根の二階建ての建物が見える。

すると門の前を掃き掃除をしていた、メイド服に丸眼鏡の女性がこちらに気が付いた。

「あら、おかえりなさいませローレン様、それにオランジェットも。ご用事は滞りなく？」

「ただいま帰りました、マドレーヌさん。用事は、まあ、おおむね滞りなく」

「それは何よりでございます。朝食の用意がございますがいかがされます？　一度お部屋で休まれますか？」

「いただきます。実はお腹ペコペコでして」

「かしこまりました。ああ、そう言えばダミアン様が先刻からローレン様と一緒に朝食を摂りたいとそわそわして待っておられますので、ちょうどよかったですわ」

「そ、その情報は先に言ってもらえません……？」

○

「お帰り、ローレン。いいタイミングだったな。今ちょうど朝食の用意ができた所だったんだ」

急ぎ足で食堂へ向かい、扉を開けると、テーブルに着いた女性が俺を迎える。

国王仕え魔術師――、ダミアン・ハートレイ。

弱冠二十二歳ながら王都最高魔術師の呼び声も高い若き才女。紅い髪に凛々しい眉、整った目鼻立ちは彼女を知らない者さえも振り向かせるだろう。朝食をフォークで口に運ぶ様子はただそれだけで絵になる――マドレーヌの先刻からそわそわして待っていたという情報を信じると、印象は大分変わるが――ともあれ、俺は彼女の向かいの席に腰かけた。

「人に会う用事があると言っていたが、どうだった」

「おかげさまで無事に会うことができました。今回、俺の我儘（わがまま）を聞き入れていただいたことには本当に感謝しています」

　俺がテーブル越しに頭を下げると、彼女は片手をさっと振った。

「別に我儘などと思ってはいない。ずっと屋敷に籠（こも）りきりでは息も詰まろう」

「それでも万一のことがあってはダミアン様や、お屋敷の皆さんに迷惑をかけることになりますから、呑気に歩き回るわけにはいきません」

「歳（とし）の割に気を遣いすぎだ、君は。それに、いつまで気を張り続けるべきなのかと言われればまた微妙なところだぞ、ローレン。一応マドレーヌに、ナラザリオ領の情報については耳をそばだてるようには言ってあるにしても――」

　俺は体を前のめりにした。

「なにか新しい情報が入ったんですか？」

「いや、なにも。噂（うわさ）レベルに基準を下げても君の名前は出て来ないようだ。もうあちらから手を出すつもりはない……、そう断じてしまっていい時期なのかもしれないと私は思う」

「……そうですか」

　俺は体勢を戻して、窓の外に目をやった。

　その方向には、俺の生まれ育ったナラザリオ領があるはずだった。

ナラザリオの家を捨てた俺が、唯一の頼りとダミアンの元を訪れたのが四ヶ月前。元々は彼女からの手紙を受け取ってから『王都で魔法の研究をするか否か』を決めるはずだったのだが、ナラザリオ邸に届くはずのその手紙を、俺は受け取ることができなかった。

聞けば、まだ準備の最中で手紙は出していなかったそうだが、今思えばこれはかなり危ない行き違いである。ランタノの馬車に乗って速やかに王都へ辿り着けていなければ、ドーソンに俺の行き先の心当たりを生んでしまっていたことになる。その事態を回避できたのは、まったく幸運と言う他なかった。

ダミアンについてもそうだ。言葉を交わしたのは手合わせの後の一日にも満たない時間だったし、王都へ誘われたのも、ひとえに魔力量と研究内容に興味を持ったからに過ぎないはずだった。しかしダミアンは事情を把握したうえで、同情し、屋敷の一室まで貸してくれると言ってくれたのだ。

その際に提示された条件は、王宮での研究活動の話は一度見送りにすること。事態の鎮静化が確認できるまでは一人での不用意な外出はできるかぎり控えること。ダミアンの遠い親戚ということにし、名前と見た目を変えることの、三つだけだった。

もしダミアンと知り合っていなかったら、今頃俺はどこでどうしていただろう。そう考えるとゾッとする。

「ドーソン伯爵が、かの事件を懸命に隠匿しようとしている事は間違いない。屋敷の住人に内密にコンタクトを図っても、詳しい事情は聞きだせなかったことからも、その徹底ぶりがうかがえるな。君の脅しがよほど効いたのか、はたまた別の理由か……。そこは定かではないが、まるでナラザリオ家の息子はもとよりヨハンだけだったという風に平静を装っている。裏でまた殺し屋と繋がっているような素振りも今の所ない。この情報をどう捉えるかは君次第だが……、いつまでも背後に怯えていてもしょうがないんじゃないか？」

「……ええ、そうですね」

口でそう答えながらも視線は遠い空に向けたままの俺を見て、ダミアンは苦笑した。

「いいかいローレン。前にも言ったが、あれだけの事をされて、それでも弟や屋敷の人々の暮らしを守りたいと思える君の考えを、私は心底尊敬しているんだよ。自分の怒りを殺して、他人を慮った行いは生半可な覚悟じゃできない。まして君のように若い身空でだ。それに、この決断は君が一晩考え抜いてのものだったのだろう？　ならば、君がすべきなのは後悔ではなく、前を向くことだ。その為に君は私を訪ねてきたんじゃなかったのかい？」

ダミアンの言葉を自身に言い聞かせながら、俺は紅茶に口を付ける。熱い紅茶と一緒に胸にわだかまるモヤモヤとした思いも飲み下すように。

「……はい、その通りです。なのでこれはきっと、後悔とは少し違うんだと思います」

「分かっているならばいい。今の状態を継続するべきかどうか、それについて私もとやかくは言わないことにする。ドーソン伯爵という人物について一番理解しているのは君のはずだからね」

「ド……、あの男については、ダミアン様の言う通り見切りをつけてもいいのかもしれません。しかし、あの殺し屋どもの正体がここに至っても分からないことは、気味が悪いと思います」

俺がそう言うと、ダミアンは頷きつつ、ちらりと横を見た。

「正体不明の魔法を使う輩――、だな。それに関しては私も少し見立てが甘かった。名前と手の内が知れているのだから特定は容易だろうと思ったのだが、今のところ有益な情報はない。マドレーヌは、ひょっとするとこの国の者ではないかもしれないと言っていたな」

「こ、この国の者ではない？」

考えてもみなかった可能性に、俺は驚く。そもそも殺し屋という存在自体がふわふわしているのに、それがこの国の者ではないかもしれないとはどういうことなのか。

「言葉の通りだ。そう仮定すれば、得体の知れない魔術の存在にも一応なりの理由が付くだろう」

「あいつらが使っていたのは、外国の未知の魔法だったということですか」

「あり得ない話ではない。確かに魔法属性は今存在するものが全てだし、我がマギア王国は魔術大国と評されているが、国によって魔法技術の扱いは随分違う。文化の差、国の成り立ち、人の数、あるいは意図的に隠された新たな魔法……。そう、他でもない君という例があるようにだ」

「――お、俺は別に水魔法を応用させただけで、新しい属性を提唱した訳じゃありませんよ」

「ならば奴らもそうかもしれない。既存の属性魔法の応用、つまり世界にはまだまだ眠っている未知の魔術がある。少なくとも私は君に出会ってからその確信が強まった――」

ダミアンはそこで一度言葉を切り、柔らかく微笑んだ。

「なにより、そう考える方が楽しいしな」

その笑顔に思わずドキリとする。ダミアン・ハートレイという魔術師が、王都で名声を勝ち得ていながらも、柔軟かつ進歩的な考えの持ち主であったことは有難い。のだが、

「……しかし、ダミアン様の考え方は王都では少数派でしょう。顔をしかめる人も多いに違いありません」

「ああ、精霊教会に足を運んだのだったな。確かに新しい考えを認めたがらない石頭どもは多いよ。旧態依然、今の王都の上層部は凝り固まっている。だが、必ずしもそんな連中ばかりではないのも確かだ。まあ心配するな、君は自信を持って今の研究を続ければいい……。おっと、いつの間にか少し話が逸れたかな？　ともかく君の頭脳は重要な財産だ。それを自覚して、身の安全を第一に考えてもらいたい。それが私の願いだ」

　ダミアンはそう話をまとめ、止まっていた食事を再開しかけて――、もう一度手を止めた。

「そう言えば、今日からしばらく屋敷を空けることになる」

「どちらへ？」

「なに、たいしたこともない下らん用事だ。辺境地を訪問する王子の護衛だとかなんとか」

「それは……、かなりたいしたことあると思いますが……」

「いやいや、万一の事などそうそう起こる事ではないんだ。そのくせ旅程は長いし、動きも拘束されるしでな。既に退屈だ、全くもって面倒くさい」

　ダミアンは不愉快気にパンを口に放り込む。過去にも似たような護衛の経験があり、その上で面倒とぼやいている様子だ。

「どのくらいのご予定ですか」

「四日程度で帰ってこられると思う。だから今日の魔術指導は君に任せるよ」

「はい、分かりました……、おや」

　すると、屋敷の前門方向から誰かの話し声が聞こえた。男女入り混じった子供たちの声だ。

「ちょうど来たようだな」

「そうらしいですね」

俺とダミアンは頷き合い、朝食を急いでかきこみ始めた。

○

「ローレン先生、おはようございますっ！」

「うおわっ！」

庭に降りた瞬間、青い髪の少女が胴に抱き着いてきた。その勢いで、俺は尻をついて後ろに倒れる。

「今日はローレン先生の日なんでしょ⁉　ルフ楽しみにしてきたの‼」

「あ、ああ、その通りだが、ひとまず上からどいてくれ、ルフリーネ」

「じゃあ抱っこして」

「やれやれ……」

ぎゅっと巻き付いて屈託（くったく）なく笑う少女の名前はルフリーネ・ジスレッティ、五歳。ジスレッティ公爵家（こうしゃくけ）と言えば古くから続く名家として有名である。ルフリーネは現当主アンドルフ公爵の孫娘の一人だ。

ルフリーネに促（うなが）されて芝生が敷かれる中庭に入ると、三つの人影が並んでいた。

「おはよう、みんな」

そう呼びかけると、まず眼鏡の少年がびしっと背筋を伸ばして応じた。

「お、お、おはようございます！」

レレル・ヘグワース、七歳。王宮で歴史書を編纂する文官の次男。

「おはよぉ、ふぁあ……」

眠そうに返事をする黒髪の少女の名はアメリジット・ザーリ、八歳。王宮専属肖像画家の長女。

「…………」

そして、不満げに口をとがらせ、目も合わせようとしない銀髪の少年がカイル・ヒューゴー、九歳。精霊教会幹部の長男。

身分も年齢も性格も三者三様。だがダミアンの教育方針によって、この場においては生徒全員が平等である。そして教師と生徒との関係性も同じく、教える者と教えられる者とするように徹底されている。のではあるが――、

「ちっ、今日こいつかよ。来るんじゃなかったぜ、時間の無駄じゃねえか」

当然、急に現れた新米教師が気に入らない生徒もいる。これもまた教師と生徒の有るべき姿……、と言えなくもないだろう。

俺は抱いていたルフリーネを芝生へ下ろし、四人を見渡して言った。

「――じゃあ、授業を始めようか」

○

国王仕えの魔術師ダミアン・ハートレイは、王都騎士団の魔術指南や要人護衛、式典への参列や本国防衛の会議出席などなど多忙を極める。そんな彼女が少ない空き時間を使って、半ば無理に開いているのがこの魔術教室なのだが、そもそも王都の教育事情とはいかなるものだろうか。

大抵の貴族は家庭教師を家に招き、我が子に魔術や勉強を教えさせる。それは諸侯(しょこう)であるナラザリオ家も同じだったのだが、王都に住む貴族家との違いを挙げるとすれば、ここでは隣の家の様子が良く見える。つまり、家庭教師を雇うにも、隣の家との競争が起こりやすいという点だ。所詮は見栄の張り合いに過ぎないのだが、貴族たちにとってはそんなことが最重要事項らしく、そんな中、王都最高魔術師に教えを請(こ)うことができればこの上ないステータスとなるということで、ダミアンにそういった依頼が舞い込むのは当然の流れとも言えた。

はじめ、貴族たちの自慢合戦になどつゆほどの興味もないダミアンは依頼を断ろうとしたそうである。

しかし少し後に思い直し、

『場所はハートレイ邸。

貴族という立場は授業中は一切考慮しない。

本人と一対一の面接でダミアンが気に入る場合のみ』

を条件として依頼を受ける事に決めた。

いわく「未来の魔術師の育成こそ我々の行うべき一番重要な責務だ。私は貴族どもが嫌いだが、子供たちまでをも憎んでいるわけではない――」だそうだ。

そんなこんなで、この魔術教室は基本週二回、ダミアンが屋敷に戻っている日に三時間ほど開かれることとなった。

ダミアンがこの試みを始めてから一年だが、生徒の数はこの四人だけ。

少人数体制の理由は、多忙さゆえに彼女が抱え切れる生徒に限界があることが一つと、ダミアンの面接が極めてシビアだからというのが一つだ。年齢、成績、家柄に共通点はなく、どれだけ金を積まれても関係ない。その審査基準は本人以外知りえないのだが、ともあれ、そんな狭き門をくぐりぬけた子供たちが通うのが当魔術教室なのだ。

なので、『魔術教室の臨時講師の話』を最初に持ちかけられた時、当然ながら俺は断固辞退した。

とてもではないが荷が重い。目立つような行動をしばらく避けようという話をダミアンは忘れてしまったのか。そもそも俺に魔術を教えられるような素養などない。数ヶ月前まで魔法が使えなかった奴が誰かに魔術を教えるなど、とんだ笑い種じゃないか、と。

ダミアンは別に無理にとは言わなかった。しかし、俺にとってもダミアンにとってもメリットのある話だから持ちかけたのだと、そう言った。

「――メリットですか？」

「当面の間は屋敷にこもって魔術研究に没頭する、それが本来君も望んでいることだろう。しかし、人との関わりを絶つことには、研究の視野を狭めてしまうという危険性もある。ナラザリオ家での研究にヨハンの存在が欠かせなかったように、生の魔法を見られることはおおいに役に立つはずだ。しかも、それが発展途上であればなおよい。違うかな？」

「それは……、自分たちの生徒を研究材料に使え、と仰っているのでしょうか」

「そう受け取ってもらっても構わん」

俺は少しの皮肉を込めてそう言ったが、ダミアンは迷いなく頷いた。

「君は彼らの指導から新たな着想を得て、彼らも君の指導で魔術を上達させる。利害が一致していていいじゃないか。おまけに私の負担も減って万々歳だ」

「――いや、そもそも俺が指導をして彼らが上達するという前提が誤りなんですよ。俺はそんなに大層な人間じゃない。この研究が色ものであることはよくご存じでしょう」

「何を言う、君は私に匹敵するレベルの魔術師なのだぞ？　あの試合で一本を取られる寸前だったことを忘れてはいまい」

「あ、あんなのズルみたいなもんですよ」

「ズルでも、まぐれでも、すごいことなのだよ。国王仕えの魔術師とはそういう役職

FBN vol.186　2022年3月30日
発行：株式会社KADOKAWA
〒102-8177　東京都千代田区富士見2-13-3
企画・編集：ファミ通文庫編集部
https://famitsubunko.jp/

FAMITSU
第六天魔幼女、魔法で
敵軍を焼き尽くす!!
たら
ど、俺は
ろう2

だ」

　ダミアンは語尾に力を込めて言う。俺はすぐに言葉を返せず、頭を掻いた。

「君が魔法を使えるようになってすぐにあれだけの試合を演じてみせた点を、私はとても評価している。本来魔法というのは、子供の頃から練習して練習して、徐々に戦えるレベルに鍛えられていくものなのだ。では君の経験不足を補っているのは何か。それは莫大な魔力量もさることながら、あの研究の骨子――、すなわちイメージと理論にあると、私は考えている。その考え方を噛み砕いて伝えてくれれば、彼らにとって実のある授業になるはずなんだ」

「イメージと、理論……」

「もちろんあの研究を一から十まで教えるわけにはいかない。あの研究資料を私以外に見せるのは当面控えておくべきだ。内容がいささか刺激的だからな。氷魔法のこと、加えて君の膨大な魔力量が露呈するのも時期がよくない。あと気をつけるとすれば杖の……、これは今、袖口に忍ばせているんだったな。では、案外そんなところか」

　ダミアンは指を二つ三つ折ってみせる。

　俺が誰かに魔術を教えている姿を想像してみた。「君の魔術はいまいちだね、こうやるんだよ」とかなんとか……。俺は恥ずかしさに顔を覆った。

「はっは、大げさに考える必要はない。優秀とはいっても君もまだ十六歳、彼らから見ればお兄ちゃんくらいのものだ。くわえて、まだ魔法の発現と維持もおぼつかないような子たちがほとんど。なぜ彼らの魔法が安定しないのか、君の観点から見てやってほしい。ただそれだけだ。そうそう、安心してほしいんだがこの屋敷に来るのはあくまで生徒の子供たちだけで保護者の参観は一切禁止だ。君の話が伝わるとしても伝聞形式だし、名前も見た目も違う【ナラザリオ領伯爵子息、ロニー・F・ナラザリオ】と結びつくことは、まずあるまいよ」

俺はしばし考えこむ。そして「では、せめて、一度授業の様子を見てから考えてもいいでしょうか」と、なんともはっきりしない返答をした。

「もちろんだとも。しかし、君は自分を過小評価しすぎている。これまでの人生を思えばそれもやむなしだが、私はいついかなる時も君を正当に評価すると約束しよう」

結局――、俺はダミアン不在時のみの臨時講師として魔術を教えることになった。

俺が王都に来てから四ヶ月、臨時講師に着任してから三ヶ月が経とうとしていた。

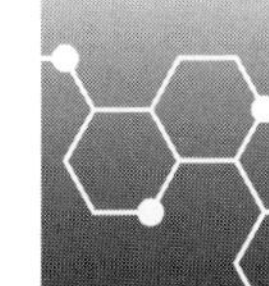

第七章　新米講師の苦悩

中庭の芝生の上に、丸い木の板に赤い円が描かれた的が、並んで立っている。距離はおよそ十メートル。気をつけをした眼鏡の少年レレル、怠惰そうに立つ銀髪の少年カイルが対照的に並んだ。

「はじめ」

俺の合図と同時に、二人が両手を勢いよく前に出した。手のひらが発光し、直後、的からバチンという音が響く。しかしその音は一つだった。

音がしたのは右の的――、カイルの方だ。カイルの手のひらから放たれた水の弾は、的の中央を捉え綺麗にはじけた。一方、レレルの水魔法は的を揺らすことはなかったようだった。

「さすがだな、カイル」

「ふん」

素直に称賛の言葉を送るが、カイルは俺と目を合わせようとはせず、不満げに言う。

「だから言ってんだろ、てめえに教わる事なんざねえ。的を狙うだけならここに来なく

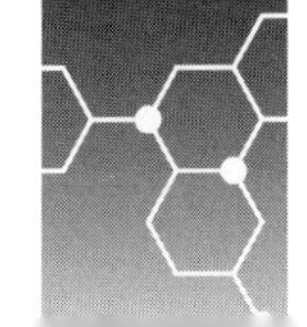

たってできんだよ」

「まあ、そう言うと思って、お前にはダミアン様からメモを預かっている」

「あん？」

カイルの眉がピクリと動き、横目をこちらにやる。俺はポケットから紙を取り出して読み上げた。

「『カイル、君の水魔法の射出動作は見事だ。このまま反復練習を行えば、精度と威力はますます上がるだろう。だが、弾の数を増やすと一気に精度が落ちるのが欠点だな。さしあたって、次の授業までに【三つの水の弾を同時に違う的に当てること】を目標としてもらいたい。まあ君なら、少し練習すればできてしまうだろう』」

「み、三つの的に同時に……」

カイルが驚きのこもった呟きを漏らす。俺は屋敷の向こう側を指さした。

「裏庭にカイル用の的を立ててある。今日はそれを使うといい」

「……ああ、あったよ。言っとくが俺は俺でやる。ローレン、てめえは余計な邪魔しに来んじゃねえぞ」

「『P.S.――』」

「あ？」

「『ローレン先生への敬いを忘れず、言う事をよく聞くように』だそうだ」

「うぜえ！　死ね！」

「分かった分かった、頑張れよカイル」

「黙れ‼」

カイルは悪態をつきながら、建物の角を折れた先の裏庭へと消えていった。俺はその背中を眺めてふうと息を吐く。そこで、やり取りが終わるのを待っていたレレルが近づいてきた。

「せ、せ、先生、あの」

「——ああ、すまんレレル。後回しにしてしまって」

「いえ、とんでもありません。え、えっと、ごめんなさい、あの、上手くできませんでした」

申し訳なさそうに下唇を噛むレレル。俺はその場にしゃがんで視線を合わせた。

「まだ魔法を前方に押し出すのが苦手か？」

「はい、いや、えっとあの、ごめんなさい」

「なにも謝る必要はない。真面目なレレルの事だ。言った通り練習はしてきたんだろう？」

「はい。一応、毎日先生の言った通りにイメージを反復してみてるんですけど、でも、なかなかうまくいかなくて」

「うまくいかなくて、か。そこのところを詳しく教えてくれないか」

「……く、詳しく？」

「毎日どういうイメージで練習をしたか、上手くいかないとはどういうふうに上手くいかないのか。全く進歩がないのか、わずかでも変化があったか、それとも前よりも上手くいかなくなったか。そもそも上手くいかないというのはなんだ。レレルにとっての理想の水魔法はどんな状態だ？」

「え、え、え、えっと……！」

俺がそう問うと、レレルは口をパクパクとさせて狼狽えた。

「——ああ、すまん。急に色々と言いすぎてしまったな」

「いえ、わか、分かります、先生の言ってること！　でもすぐには……、じゃ、じゃなくて、言葉で言うのが難しくて、ちょっと、一回、文字にまとめてもいいでしょうか、そしたら上手く伝えられる気がします」

「ああ、それはいい考えだ。マドレーヌさんに紙とペンを借りてくるといい」

「は、はい！」

俺が許可を出すと、とレレルはびしっと背筋を伸ばしてから、屋敷の方へ駆けて行った。

カイルに比べると、レレルはまだまだ魔術が苦手なようだ。だが真面目な性格、俺の言う事を懸命に飲み込もうと努力する姿勢は素晴らしい。なにかひとつ手がかりさえつかめば、ぐんと成長する予感を秘めていた。

「——ローレン先生‼」

「どわいてぇ！」

しゃがんだ体勢のままだったところを背中からすごい勢いで突き飛ばされ、あわや地面に倒れそうになる。犯人は言うまでもなく、当教室最年少、ルフリーネ嬢である。

「ねえ、まだ⁉　ルフ、ずっと先生が来るの待ってるのに‼」

「それは悪かったが、毎回呼び方が腕白すぎるんだよなあ、ルフリーネは」

「わんぱくなくらいがちょうどいいって、おじいちゃんはほめてくれるけどねえ！」

「……ルフリーネ。まさかとは思うが、おじいちゃんにもこんな感じでタックルしてないよな？」

「してる‼」

「それは本当に気を付けた方がいいぞ」

俺は飛び跳ねるルフリーネに手を引かれて中庭の端――、芝生が途切れ、地面が顔を出している場所へ向かう。

ルフリーネの魔法属性は土。ここに来るまで、俺が今まで目にしたことがある土魔法はヨハンの許嫁であるフィオレットと、ダミアンのもののみだ。俺にとってはまだまだ未知の魔法属性である。

「さて、じゃあいつものようにやってみようか」

「うん！」

俺とルフリーネは土の上にしゃがみ込み、額を突き合わせるように地面を見下ろす。

ルフリーネは両手を地面に押し当て、そのまましばらく待つと、まるでもぐらでもいるかのようにモコモコと地面が蠢き始めた。

「あは、きゃはははははっ」

　ルフリーネはそれを受けて笑い声をあげた。手のひらがくすぐったいらしい。

　俺は地面に動きがあった範囲の大きさを親指と小指を使って測る。

「――お、この前より魔法の届く範囲が大きくなってるな。もう俺の指じゃ足りない、物差しがいるぞ」

「ほんと？　ルフ上手になってる？」

「そういうことだろう」

「あのねあのね、先生がこの前、いろいろなやり方をためしてみようって言ったでしょ？」

「ああ、言ったな」

「ルフね、目をつむったらうまくいくことに気付いたの！　今もそうしてるの、見て！……あ！　先生が見えなくなっちゃった！」

「ほお、目をつむったからか。視覚情報を遮断することによってイメージに集中しやすくなるからか、それとも別の理由か……。そもそも土魔法の原理の解明は他の属性に比べておろそかになっているんだよな。フィオレットやダミアン様の土魔法が応用的なものだとしても、石や砂の粒などの魔素に干渉して振動を起こしている……、これが基礎の部分とみて間違いはなさそう。あとはそこに――」

「また先生がひとりごとを言い始めた……。あ、そうだ今度はこれ見て」

「――ん？」

「どーん‼」

唐突にルフリーネが小さなこぶしを掲げたかと思うと、おもむろに地面めがけて振り下ろした。

「ぶおっ⁉」

瞬間、周囲の地面が水のように波打ち、周辺の土がしぶきのように跳ね上がり、そして、俺の顔に直撃した。

頭に土をかぶった俺を見てルフリーネがきゃっきゃと笑う。もちろん当のルフリーネ自身も泥まみれだ。しかも彼女が着ているのはお高そうなスカート。さっきまでいかにもお嬢様然としていたはずの彼女は、途端に幼稚園の砂場ではしゃぐ幼稚園児のような姿になってしまった。

「………ルフリーネ」

「！」

俺が一段低い声で名前を呼ぶと、笑っていたルフリーネがしゅばっと肩をすくめる。

ようやく自分のしたことと、状態に気付いたらしい。

「取り返しのつくうちに服を洗ってきなさい。早く」

「ひっ、あう、ごめんなさい〜！」

ルフリーネは泣きそうな声で謝りながら、屋敷の中へと逃げ込んでいった。

素直で明るくいい子なのだが、いかんせん年相応にお転婆なところがある。まあ、汚れてもいい服で来なさいと言ってあるので、ジスレッティ家からすればいくらでも替えがあるのかもしれないが、あのままで帰らせるのはさすがにまずいだろう。こういった部分は土魔法ゆえの弊害とも言える、気を付けなければなるまいと反省しつつ、俺は腰を上げた。

「さて、レレルはまだか。ということは、あの気分屋さんを見つけなければならない訳だな……」

中庭を見渡す。四人いたはずの生徒たちは散り散りになり、今や俺しかいない。

探し相手は、黒い長髪のいつも眠たげな少女アメリジット。魔法属性は光。

欠かさずこの教室にやってくるところを見れば、やる気がないわけではないと思うのだが、いかんせん気まぐれで集中力が散漫になりがちなところがあり、魔法の出来も日によってムラがある。調子がいい日はカイル顔負けの成果を出したりするが、悪い日はてんでダメだ。

くわえて、彼女はとてもよく寝る。場所や時間を問わず、とてもよく寝る。おそらく今も暇を持て余して寝心地のいい場所を見つけに行ったのだろうと思われた。

俺は中庭の茂みの中や、建物と塀の隙間など怪しい場所を順番に覗き込む。そこへ、裏庭の方角から大きな声が聞こえてきた。嫌な予感がして声のする方向へ向かうと案の定、そこには言い合いをしているカイルとアメリジットの姿があった。

「もう～！　信じられない！　服がびしょびしょじゃないのぉ！」

「はあ⁉　どう考えてもそんな所で昼寝してるほうが悪いだろ‼」

「魔術の練習をする前に、周りに人がいるかどうか確認するのは常識でしょぉ！」

「人が魔術を練習しているような場所に隠れて寝てんのは常識的なのかよ⁉」

「最悪。せっかく人が気分良く寝てたのに……。謝ってよカイル！」

「だ・れ・が謝るか‼　謝るのはてめえのほうだろ、アホ女‼」

「アホ女っていうほうがアホ女なのぉ！」

「いや、少なくとも女ではねえよ⁉」

「……何やってんだまったく」

俺は遠くからしばらくその口論を眺めていたが、やれやれとため息を漏らしてから止めに入った。

「おいおい、やめないか二人とも――、っとあぶねっ」

水気でぬかるんだ足元にこけそうになる。慌てて手を伸ばした木の的を見ると、明らかにへこみが増え、熱心な練習の跡が見て取れた。その流れ弾が裏庭でまどろんでいたアメリジットに被弾した、ということらしい。

「おい！　このアホ女連れてけよローレン！　うるせえし邪魔だ！」

「ちょっと、先生ぇ！　私が気持ちよく寝てたら、このバカが水浸しにしてきたの！　どう思う？　ひどくなぁい？　絶対私悪くないわよねぇ！」

　敵意むき出しに互いを指さす二人。

「いいか、とりあえず二人とも冷静になれ。それぞれ言い分があるのは分かるが、少なくともバカだのアホだのはただの悪口だ。まずはお互いに謝ってだな」

「え、私悪いことしてないわぁ？　百歩譲ってカイルが謝ったら考えてあげなくもないけどぉ」

「はあああああ⁉　なんで俺が先に謝らなきゃいけねえんだよ！　俺はお前と違って真面目に練習してたんだぞ！」

「私だってローレン先生を待つ間、休憩してただけだもん！」

「じゃあ、結局てめえが悪いじゃねえかローレン！　生徒のお守りもできずに教師名乗ってんじゃねえよ！」

「そうよ！　私のために安心してお昼寝できる場所を確保してよぉ！」

「やばい、矛先が俺に向き始めた」

　熱のおさまらない二人の剣幕に俺がたじろいでいるところへ、背後から新たな声がする。

「ローレン先生、着替えた！　着替えてきたよ！　ルフ偉い～？」

「――あっ！　だめだ、ルフリーネ!!　走ってくるな!!」

「あぇっ⁉」

特大の嫌な予感がし、叫ぶが間に合わない。

振り返った時にはすでに、服の汚れを落としたばかりのルフリーネが、ぬかるんだ地面に足を奪われて、宙を滑空し始めていた。このままでは頭からぬかるみに突っ込んでしまう。俺は腕を伸ばしながら、ルフリーネと地面の間に体を滑り込ませた。

ドシャア！

と音が響く。同時にあばらに走る鈍い痛み。全身を包むどぅるどぅるとした嫌な感触。俺はうつぶせの体勢で、自分の状況を静かに悟った。

「あぐ、ああああああああ、こわかったああああ、せんせえええええええ」

身を呈したヘッドスライディングで最悪の事態は回避したかに思えたルフリーネだったが、衝撃に驚いて声をあげて泣き始めてしまった。俺はせめて彼女がぬかるみに落ちてしまわないように必死だが、体勢的に極めて厳しいものがある。

「う、わ、わかった。とりあえず一度どいて……」

「――ああ‼」

俺の呻くような声を遮るように、悲鳴を上げたのは、いつの間にか裏庭に来ていたレレルだ。

「せ、せ、せっかく書いた紙が泥まみれになっちゃった‼　どどどどど、どうしよう……‼」

背後からは引き続きケンカをする二人の声が聞こえる。

「早く謝りなさいよ、カイル！　あんたのせいで先生が泥まみれになっちゃったじゃないのぉ！」

「いや、これは俺のせいじゃねえだろ⁉」

「………………」

泥に埋まる俺は、阿鼻叫喚(あびきょうかん)の様相にもはや起き上がる気力がわかない。

そこへ、ガラガラッとすぐ横の窓が開かれる音がし、笑いを堪(こら)えたような声が掛けられた。顔を上げることはできないが、どうやらマドレーヌらしい。

「楽しそうですわね。ローレン先生」

俺は答えた。

「………はい、とても……」

○

「ううん、疲れた」

泥まみれの服を着替えて自室にたどりついた瞬間、俺は糸が切れたようにベッドへと倒れこんだ。

いつの間にか時間は午後。早起きをしたということもあり、まあまあな眠気が俺を襲うが、さすがに寝るには早い。しかし眠い。今日はマジで疲れた。俺は顔を埋めながら唸る。

　ふと、胸元からするりと何かが抜け出る感触があった。蒼い水晶の欠片を、ペンダントに加工してもらったものだ。

「お疲れロニー。途中ちらっと覗いたけど、随分楽しそうだったじゃないか」

　片目を開けて見ると、視界の上の端で水色の紐がひゅるひゅる飛んでいる。

「……本当に楽しそうに見えたのか？」

「あはは、そう怒りなさんなって。でもキミが子供たちに振り回されている姿は、ボクからすると新鮮で面白いよ。事実、いい刺激になってるんじゃないかい？」

「確かに魔術研究という意味では、提案を受けてよかったと思ってる。魔術が少しずつ上達していく過程は純粋に面白い。ヨハンは優秀すぎたし、俺の魔法覚醒過程はあまりに一般的じゃなかったしな」

「実験サンプルとしては、あの子たちくらいがちょうどいいんだね」

「その言い方は語弊があるが――、まあそんな感じだ」

　俺はぐっと全身に力を入れ、ベッドから起き上がる。

「あれ、寝ないのかい？」

「うるさい奴が出て来たもんでな」

　のそのそと部屋の中央に用意された仕事机に腰かけると、革の椅子がギシリという心地よい音を立てた。

「……さて」

机の引き出しに鍵を差し込み、資料の束を取り出す。

ダミアンのもとを訪ね、結果的に以前よりもよい研究環境を得てから三ヶ月と少し。

研究は、ナラザリオで重点的に調べていた水魔法から、他属性の魔法へとシフトしていた。別に水魔法を研究しつくしたというわけではないが、一つの属性にだけ専念しすぎてもまずいだろうと思ったのだ。

そこで、まず俺が着手したのは光属性魔法である。

なぜ光魔法を選んだか。

これを説明するには、正直あまり思い出したくない、殺し屋たちに襲われた日のことを遡(さかのぼ)らなければならない。『殺し屋襲撃事件』と呼んでいるあの地獄のような一連の出来事を思い出すにつけ、ナイフで刺された部分に鈍い痛みが走るような気がするが、さておき。あの襲撃の中で事態の壮絶(そうぜつ)さに隠れて、いくつか興味深いことが起こっていたことに俺は着目した。

瀕死(ひんし)のはずの人間があり得ない動きを見せたこと。

顔が粘土細工(ねんどざいく)のように変化したこと。

現時点では、科学でも魔法でも説明がつかない『奇術』と呼んだ方がしっくりくるようなあれらの出来事は、しかし、今朝のダミアンとの会話の通り詳細不明のままだ。俺の記憶を頼りに、仮説の立てようはあるかもしれないが、再現する術がない時点で、それは何の意味も持たない。

　問題はその次――、背中の傷に魔素で応急処置を施した俺自身の行動である。

　俺はあの時、生命の危機を察し、本能的に魔素で傷口に蓋をすることを思いついた。結果的にそれは一時的にでも止血の役割を果たし、失血死という最悪の事態を避けることができた。

　しかしよくよく思い出すと、あれは何属性の魔法だったのだろうか？　魔法を展開し、魔素を操作して血液が溢れ出ないように、【壁】を作った。

　つまり、光魔法と呼ぶべきものだったのではないか。

　その事実に思い至った時は驚いたものだ。俺自身それまで、水魔法以外の属性が使えるという発想はなかったからである。そしてそのすぐ後に思い直した。今までも幾度か頭をよぎった考えだ。

　魔法属性の区別は、あるようで実はないのかもしれない――。

　考えてみれば、これは俺の理論にもそぐう考えである。

　魔法が魔素の操作を基礎とするならば、どの属性を持つ者も多かれ少なかれ魔素を操っているはず。ならば原理的に見て、他の属性の魔法が使えない道理がない。というか現に、複数の魔法属性を扱える人物たちを俺は知っている。

　本当は、誰しもが、どの属性魔法でも扱える可能性を有しているのではないか。大半の人々が一つの属性しか操れないというのは、俺自身そうだったように、思いこみがストッパーをしてしまっているのではないか。

これは正直に言って、精霊信仰の根付くこの世界においては危ない理論だ。『実は人間が誰しも気付いていないだけで空を飛べる力を秘めている』と標榜（ひょうぼう）するのに近く、頭がおかしいと断じられて終わりかもしれない。

しかし、いつだってそういった発想の飛躍こそが科学を進歩させてきた。なので、俺はいったんこの仮定のもとに研究を進めてみることにした。すると俺の研究の目指すべき場所も分かりやすくなる。


――まずは、俺が全ての属性魔法を扱えるようになればいいのだ。


俺は右手を宙に伸ばし、手に魔力を込めてみる。

すると、一呼吸置いて、音もなく手のひらの先に透明な壁が生じた。

「うぇ～い」

視覚的にはうっすら明るい透明なガラス板が浮いている風に見える。よくよく見れば視認できるが、急に目の前に現れたら突っ込んでしまいかねないという感じだ。

俺はしばし中空に光の壁を維持したのち、もう片方の指でそれをつついてみる。すると、コツンという一瞬の感触の後に透明な壁はボロボロと崩れ、光の粒となって空気中に溶けていった。

「あららららぁ」

「うるさいな」

俺は耳元で囃し立てるセイリュウにクレームをつけた。

するとで体を輪っか状にして泳ぎながら、何やら感慨深げに言う。

「いやいや、ついにあのロニーちゃんが光属性までも使えるようになっちゃったって言うんだから、感動もするよ。はじめてボクのところに来たときは、魔法のまの字も知らなかった子がねえ」

「正直使えるというレベルには達していない。それに、水の精霊としては多少複雑なんじゃないか？」

「べっつに？　ボクはロニーの研究が順調に行っていて大層ご機嫌だぜ？　さてさて、新たな属性魔法を使えるようになってしばらく経つけれど、一度、現時点でのキミの考えを聞いておきたいところだね」

「別に構わんが、なにか為になるアドバイスでもくれるのか？」

「それ嫌がるじゃない、キミ」

セイリュウは片頬をくいっと持ち上げる。表情はムカつくが、間違ってはいないので俺は反論しない。その様子を見て、セイリュウはますます愉快そうだ。

「他意はないよ。ボクはキミとお話しがしたいだけ。……やっと二人きりになれたんだしね、えへへ」

「はいはい」

一層気色悪くにやけるセイリュウをあしらいつつ、手元の資料をめくる。たしかにこらで一度誰かに考えを話すのもいいだろう。セイリュウが起きていられる残り時間も考えて、手短に要点を列挙することにした。

「――そもそも魔素を操っていると仮定したとき、水分子を複製などというステップを踏まない分、水魔法よりも光魔法の方が理解しやすい。空気中の魔素に働きかけ、停止させれば壁はできるだろう。ただ、魔素同士が結合しているのか、それぞれが単独で座標に固定されているのかは明確ではない」

「ふむふむ」

「魔素の動きをとどめて形を成す――、氷魔法にも似ているが、そこに加えて、魔素を固定することとその維持に労力がかかる。これがとにかく難しい。俺も練習しているが、強度はよくて角砂糖程度だ。光魔法の教本を見ても入門段階で、ダミアン様のそれには遠く及ばないな」

「魔素を硬くとどめて維持する。ステップが少ないかわりに、やってることは案外大変だと」

「基本的に魔素は動きを持っている。自由運動をしている状態こそがニュートラルと言える。つまり魔素を固定するというのは、坂を転がり落ちようとするボールを手で押さえ付けているような状態に似ている」

「なるほど」

俺はそこで少し視線を上げ、中庭がある方向を見た。

「逆に、見方を変えると……、光魔法適性を持つ人々は、魔素を固定するのが先天的に得意と言える、のかもしれない」

「あははぁ、面白いね。それ普通、光の精霊の加護があるって言われるやつじゃない？」

そう可笑(おか)しそうにくるくる回るのが水の精霊であるという事実は、なかなか皮肉が利(き)いている。

「属性の目覚め方や分布に関しては調査が難しいので今は置いておくが、ともかく光魔法の要点は、【魔素の固定】ではないか、というのが現時点での見立てだ。俺に魔法が扱えている時点で、大きく外した仮説ではないと思う」

「もし、キミの言う理論が正しかった場合、仕組みを正しく理解すれば誰にでも扱えるようになるのかい？」

「正しければ、な」

「いいねえ、いいねえ。夢は広がるばかりじゃないか」

褒めそやしてこそいるが、セイリュウは俺の意見に肯定も否定も挟まない。果たしてこの研究が、この青蛇にどう映っているものか……。そもそもの存在自体が疑わしい精霊が相手である、今はあまり深入りしないのが吉だと俺は結論付けていた。

「ともかく、さしあたって方向性は光魔法の質の向上とさらなる検証だ。結論を出すにはまだまだかかるだろう」

「うん、楽しみにしてるよ。そう言えばだけど、ダミアンちゃんには光魔法が使えるようになった話はもうしてあるのかな?」

「ん? いや、まだだな。もう少し形になってからの方がいいというのもあるし……、まあいずれ話すつもりだよ。別にいいだろ」

俺はそう言いながら、一度ばらした資料をまとめ直す。

ちょうど同じタイミングで、セイリュウも大きなあくびをもらした。

「ふあぁ。じゃあボクはそろそろ寝ることにしよぉっと」

「そういえば、今日はお前も早起きしたしな」

「ロニーもたまには何も考えずに眠ったほうがいいぜ。最近また、睡眠時間が減ってるみたいじゃないか。若いうちに頑張るのは別にいいけど、程々にね……。てなわけでじゃあ、おやすみぃ~」

セイリュウはふわふわと頼りない動きで、ひとつ釘をさして消えた。

俺は一人になった部屋で、ふぅと息を吐いて背もたれに体を預ける。

目をつむると、研究資料の文字や数字が瞼(まぶた)の裏を行き交う像が乱雑に流れていく。考えるべきこと、解き明かさなければならないことはまだまだ山のようにある。

王都の生活は正直言って、思ってもみなかったほど充実している。屋敷の主は俺の研究に深い理解を示し、十分な研究環境を与えてくれているし、使用人もみないい人ばかりだ。魔術教室についてはうまくいかないことの方が多いが、大きなやりがいを感じているのも事実。生徒たちが今後どういう過程を踏んで上達していくのかを想像すると、それだけで楽しくなる。

しかし、そんな風に考えるとき、どうしてもナラザリオ家での日々が思い起こされてしまう。ヨハンやカーラと楽しくやり取りをした思い出が、合わせ鏡のように同時に瞼の裏によみがえるのだ。それは今の生活が充実していると思うほど鈍く痛み、時折耐えきれなくなる。

後悔はしていない。

俺はもう一度あの場面に戻っても、同じ決断をするだろう。

ヨハンの為にも、俺の為にも、あの時の選択は正しかった。

もしくは、そう自分に言い聞かせているだけなのだろうか。

「…………」

俺は瞼を開け、もうずいぶんと見慣れた今の自分の部屋を眺め見た。

窓枠の向こうには雲ひとつない青空がのぞき、そこを名前の知らない鳥が横切って行った。

「確かに、最近あまりよく眠れていなかった……。たまには何も考えずに眠ったほうがいい、か。セイリュウの言う通りかもしれない……」

俺はそう呟いた後、のそのそとベッドに潜り込んだ。驚くほどあっという間に、深い眠りが俺を包み込んだ。

○

「あー、首いた……」

結局、半日以上爆睡することになってしまった次の日の朝。

俺がボサボサの髪を撫でつけながら食堂へ向かうと、扉の向こうから何やら明るい話し声が聞こえることに気がついた。ダミアンはまだ王族護衛の最中のはず、となればメイドたちが盛り上がっているのだろうか。それもまた珍しいと思いつつ、俺は扉を押し開く。

「あら、ローレン様。昨日はお疲れだったようですわね」

「マドレーヌさん、おはようございま……」

扉を開けてすぐのところに立っていたマドレーヌに挨拶を返そうとして、俺は固まった。

その奥で、椅子に座る金髪ポニーテールの美少女が目に入ったからだ。ぱっと見、歳(とし)は俺と同じくらい。しかし、この屋敷の使用人ではない。ということは客人だろうか。

俺は退室すべきかマドレーヌに目で問う。しかし、それより早く少女が立ち上がり、機敏な動きでこちらへ歩み寄ってきた。

「もしかして、あなたが噂のローレンかしら？」

その瞬間、俺は少女が一般人ではないことを悟る。

立ち上がる動作、歩く動作、目線の動き、手の指の動きが全て様になっており、赤みがかったドレスもあいまって、まるで舞台女優を目の前にしているかのような錯覚に陥った。少女は歩み寄る勢いのまま、淀みなく右手を差し伸べる。俺は数秒遅れて、握手を求められていることに気付き、慌てて手を差し出した。

だが、次に彼女が自己紹介した名前に、俺はさらに驚くことになる。

「はじめまして、私の名前はシャローズ・M・バーウィッチ。よろしくね」

「バ、バーウィッチ……⁉」

俺は手を差し出しかけた体勢から、反射的に後ろに飛びのく。慌てて振り返ると、マドレーヌがその様子を見て可笑しそうに小さく笑っていた。

しかし、オーバーリアクションになるのもやむを得ない。

なにせバーウィッチ家とは他でもない、マギア王国王家の名なのだから。

「お気づきの通り、このお方は王家第四王女シャローズ様でいらっしゃいます。本日はダミアン様を訪ねておいでだったのですが、あいにくの不在ですので、せめてお茶菓子でもとおもてなしをしていたところなのですわ」

「まあダミアンは忙しいからしょうがないわ。確認せずに訪ねてきた私が悪かったのよ。……まあ、まさかあの愚兄（ぐけい）の護衛中だとは思わなかったけれど」

第四王女シャローズは、腕組みをしながらふんすと鼻を鳴らす。そして一歩退いた俺の腕をひっぱり、無理やり握手の形を取り直した。

「改めてよろしく。実はね、今日ここへ来たのは、最近屋敷に住み始めた遠い親戚の男の子……、あなたに興味を持ったからでもあるの」

「⁉　お、俺ですか？」

俺は狼狽える。

興味ってなんだ？　いや、そもそも一国の王女様がなんで俺なんかのことを知ってるんだ？　口ぶりからするにダミアンから聞いたのだろうが、でも、それっていいんだっけ……？　頭の中を疑問符が煩雑（はんざつ）に飛び回る。するとマドレーヌは、もっともだという風に頷（うなず）いて、助け舟を出した。

「ご安心ください、ローレン様が危惧（きぐ）をしているような事は起こり得ませんわ。シャローズ様はダミアン様と非常に仲がよろしいのです」

「そう、ダミアンとはお互いのほくろの数も知ってるくらい親友なの。なにか訳ありなんでしょう？　大丈夫よ、人間は全員訳ありだもの。別に詮索（せんさく）なんてしないわ」

「は、はあ……」

シャローズはにっこりと屈託（くったく）のない笑みを浮かべ、テーブルの上のお茶菓子を指し示す。俺はぽかんとしながら、促されるままに、シャローズの真正面に座ることになった。

「興味を持ったっていうのは、あなたの魔術の腕についてよ。とても優秀だと聞いているけれど間違いないかしら。はい、遠慮しないで食べて」

「……ダミアン様がそう言ったんですか？」

「最近、秘密秘密と言いながらあなたの話をよくするの。賢くて優秀、魔術の腕も自分に匹敵するすごい男の子だって。そんなの気にならない訳ないじゃない？」

「た、高く評価いただいていることは光栄ですが、それは大げさに話を盛っているのだと思います。あまり鵜呑みにされない方がよろしいかと」

俺がそう言うと、シャローズはきっと眉根を寄せ、首を振った。

「それは違うわ。ダミアンは誰かを過大評価することも過小評価することもない。いついかなる時も、誰が相手でも、こと魔術に対してだけは嘘を言わない。私はダミアンのそういうところを尊敬しているんだもの。だから、ダミアンがすごいと言ったら、あなたはすごい人ということになるの」

「ということになるの、って……」

あなたはすごい――。そんな何気ない彼女の言葉だが、そこにおだても虚飾も混じっていないことがはっきり分かる。元来褒められ慣れていない俺は、ごまかすように目線を泳がせるしかできなかった。

するとシャローズがテーブルに少し身を乗り出し、今度は耳打ちをするように言う。

「それにねそれにね、ダミアンったらここ最近あきらかに機嫌がいいのよ？」

「機嫌が？」

「笑顔が増えたし、顔色もいいし、なんだかいつもよりお洒落をしてくるようになったし。あとは早く帰りたがるようにもなったかしら。それが、ちょうど四ヶ月くらい前から。これってあなたが来てからよね、ローレン？」

「えーと、そう、なんでしょうか。俺にはいつもどおりに見えますけど……。というか、そもそも違いが分かるほど関係が長くないと言いますか」

俺は気づく由もなかった彼女の変化について、曖昧な返事しかできない。シャローズはさらに顔を寄せる。

「じゃあ逆に聞いてみたいのだけれど、あなたから見てダミアンはどういう人物なのかしら」

「あら、それは是非私も聞いてみたいですわ」

そう横から紅茶を差し出して来たのは、マドレーヌだ。

寝起きのホットティーはありがたいが、こちらからも何故か妙に圧を感じる。

「どういう人物か……。それは勿論、恩人で、そして心から尊敬している人です。今俺がこうして安全を得られているのは、全てダミアン様のおかげですから」

「ふうん、恩人ね。なるほど、他には？」

「他に……？　忙しくて大変そう、とか？」

「違う違う。そんなかしこまったやつじゃなくて、もっと単純な事よ。優しいとか、可愛いとか、一緒にいて楽しいとか、そういう……。あ、もしかして私が王族だから気を遣ってるのかしら？　そんなものはこの場では一切不要よ、ねえマドレーヌ」

「ええ、シャローズ様は良くも悪くも立場というものに囚われないお方ですから。ダミアン様とシャローズ様の仲がよろしいのは、つまりそういうことなのですわ」

「い、いや、別に気を遣ってるからという訳でもないんですが」

「では率直な意見を述べなさい。もちろん本人には言わないわ、ここだけの話ってことにするから！」

「ち、近い……！」

狼狽える俺にシャローズがずいずい詰め寄る。はたして、朝っぱらからなにに巻き込まれているのだろうかと心の中で一つため息をつきながら、好奇の視線に耐ええかねて俺は言う。

「……す、素敵な方だと思いますよ。心が広くて考え方も柔軟で、なによりお美しいですから」

「「ほお～」」

いや、ほお～て。

俺は何とも言えないむず痒さを感じながら、このくだりが早く終わることを祈った。

しかし彼女たちの追撃の手は緩まない。

「女性として綺麗だと思うのね？」

「え、ええ……」

「たとえばどこが？」

「どこがって、普通に誰が見てもお綺麗な方じゃないですか？」

「一般論じゃなくて、あなたの意見が聞きたいの」

「何故、俺の意見が必要なのですか」

「いいから答えて。今質問をしているのはこちらよ」

理不尽すぎる、と思いつつ、まさか口には出せない。俺は脳内の辞書をめくって、なんとかふさわしい言葉を探そうと努める。しかし悲しいかな、そういった経験が圧倒的に不足していた。こんなことならば前世で学んでおくんだったのに。

「め、目鼻立ちが整っていらっしゃいますね」

「そんなの美人ですと言ってるのと変わらないじゃない。ダミアンの、具体的に、どこがどのくらい魅力的かと聞いているのよ」

「え～……っと、あの、すこし鋭い目元などが、特徴的でよいと思います」

シャローズは俺の返答を受けて、一度じっと目を細めた後、うんうんと頷いて身を引いた。

「分かってるわね、ローレン。真っ赤な髪とちょっときつめの目が怖いなんて言われることもあるけれど、よくよく見ると感情が出やすくて可愛いのよね」

「そ……、そうですね？」

「あとおっぱいも大きいし」

「それは別にいいでしょう」

「何言ってるの！　おっぱいが嫌いな男の子なんていないわ！　おっぱいが嫌いな男の子なんていないのよ！」

「──誰が王女様にこんな知識入れたんです⁉」

シャローズは肩を揺らし、拍手をするように手をぱちんと合わせる。

「親戚って言っても遠い親戚なんでしょう？　だって髪の色も目の色も違うものね。だったら問題ないわよね。うん、少しの歳の差なんて大した問題じゃない。大切なのはお互いの気持ち。今後長く寄り添っていけばいずれ気にならなくなるものなの」

「いや、何の問題ですか⁉　今後長く寄り添うとは⁉　ちょっとマドレーヌさん、助けて下さいよ」

「ローレン様、ご心配なく。ダミアン様は正直言ってチョロいですわ」

「何を正直言ってるんですか、あなたは！」

「ああ、ダミアンったらかわいい。てっきりそういう話自体に興味がないのかと思っていたけれど、ダミアンも女の子なんだからそんな訳ないわよね。むしろ、これまではダミアンに見合うような相手がいなかった、やっと対等に語り合える相手が現れたと言うべき──────、あっ、そうだわ！」

うっとりとした表情を浮かべていたシャローズが、バッと立ち上がった。

俺は急な大声に驚きつつ、またなにか悪い予感を感じながらシャローズを見上げる。

「ど、どうされました……？」

「肝心のあなたの実力を見てなかったわ」

「は、えっ？」

「ダミアンの親友として、あなたがダミアンの横に立つのにふさわしい相手かどうか確かめなければ……、っていうのはまあ冗談としても、ダミアンの親戚なら私の親戚みたいなものでしょ？　親睦を深めるという意味でも、手合わせをするのが手っ取り早いと思わない？」

「いいえ、どう転んでも俺はシャローズ様の親戚にはあたらないと思いますが」

「細かいこと言わないの。見て、ちょうどいい天気だわ。マドレーヌ、中庭と模擬剣を借りるけれど構わないわよね？」

俺の言葉など意にも介さず、シャローズはテーブルを離れ、窓から下を覗く。マドレーヌはやれやれと吐息を漏らした。

「まったく、相変わらずでいらっしゃいますこと。怪我などされては困りますわよ」

「大丈夫。挨拶みたいなものよ、心配しないで。じゃあローレン、ご飯食べたらすぐ降りてきなさい。分かった？　じゃあね」

「いや、ちょっと話進めないで……！」

訴えは空を切り、シャローズは軽い足取りで中庭へと降りて行ってしまった。

「マ、マドレーヌさん……？　どうするんです……？」

取り残された俺は、ぽかんと口を半開きにしながらマドレーヌに首を向ける。

しかしマドレーヌは狼狽える様子もなく、いたっていつも通りだ。

「いいではありませんの。研究ばかりでは肩が凝るでしょうから、気分転換にでも」

「相手はこの国の王女様ですよ⁉　そんな相手と気分転換に手合わせできるほど、肝太くありませんよ、勘弁してください！」

「お諦め下さい。ご覧の通り、シャローズ様は一度決められたら簡単に折れるお方ではありません」

「……俺はむしろ、マドレーヌさんが平然としているのが不思議です。だって、色々とまずいでしょう」

「あの方になら多少のボロが出ても差し支えないから、安心をしているのですわ。私とダミアン様がそれほど無条件に信頼しているのが、シャローズ様なのです」

「だとしたって……」

ダミアンの友人、飾らない人柄、信頼のおける人物――。それでも、王族は王族だ。

俺だって（誰からも認められていなかったとはいえ）貴族の端くれとして十六年間生きてきた。さっきは訳も分からぬうちに話が盛り上がってしまったが、本来軽々しく言葉を交わすことができる相手ではないと知っている。

万が一、王女に怪我でもさせたら冗談でなく処刑ものだ。せっかくナラザリオを脱し、ほうほうの体で王都までやって来たのに打ち首だなんて、笑い話にもならない。

だが、マドレーヌは不安げな俺の顔を見つめて、ゆっくりと首を振った。

「その点も含めてご安心ください。あのお方に手傷を負わせたとして、称賛されこそすれ、咎められるようなことは決してありませんもの」

「？　それは、どういう意味です？」

「彼女もまた相当な魔術の使い手という意味でございます。王宮外の者はあまり知らない事ですが、シャローズ様の光魔法と言えば有名なのでございます」

「光魔法が？」

俺は驚き、中庭方向の窓を見た。

「光魔法……、そうなんですか……」

「うふふ、少しは興味が出たご様子で何よりです」

○

「剣は持たないのね」

中庭に続く階段を下りるとすぐにシャローズが迎えた。彼女は既に待ちあぐねた様子で、模擬剣を手首の周りで曲芸師のように回している。足元を見るとドレスのスカートの端を結び、動きやすいようにたくし上げられていた。

「やっぱり初対面で仲良くなるにはこれが一番。そうじゃない？」

「残念ながら、俺はそういう文化とは無縁でしたので」

「あら、そうなの？　あのダミアンと接戦を演じてみせた、どころか、あわや一本取りかけたって聞いているけれど」

「いや、それは――」

俺はあの手合わせの事を何と説明すればいいものか分からず、口をもごもごとさせた。

改めて考えると、俺が経験した手合わせと呼べるものはダミアンが最初で最後だ。殺し屋襲撃事件を勘定に入れるわけにもいかず、魔術教室で生徒たちとも手合わせはしない。すると、これが俺の人生で二回目の手合わせとなる。一人目が王都最高魔術師、二人目が王女とはどういう戦歴だとツッコミを入れたくなった。

そこへ、マドレーヌが俺の耳元に寄ってきて囁いた。

「ローレン様には、シャローズ様が満足されるまで適当にあしらって頂かねばなりませんので申し上げますが」

「言い方」

「シャローズ様は魔術方面にも精通されておられますが、特筆すべきはその剣技および身のこなしでございます。幼い頃から騎士団総長様の手厚い指導を受けていた事と、生まれ持っての身体能力が相まって、王国騎士団でも全く見劣りしないほどの実力の持ち主でいらっしゃいます」

「お、王国騎士団？　そこまでの実力者なんですか？」

「それでもダミアン様の方が三倍は上手でございますのでご安心下さい。ただ、開幕一手目で後手に回ると、ローレン様といえど不利になるかもしれないと思いまして、念のため」

「なんだかマドレーヌさんまで俺を過大評価している気がします……。本当に、万一の事があったら、責任取れませんからね？」

「私が声をかければそこで試合は終了です。もう少し気楽にお考えいただいてよろしいと思いますわ」

「ねえ、そろそろいいんじゃないかしら」

待ちくたびれたようにシャローズがこちらを眺めている。

俺は諦めの吐息をもらして向かい合った。

「分かりました。ただし、手合わせは一度きり、アンコールはなしでお願いします」

「うん。それでいいわ」

俺とシャローズが頷き合うと、間に立ったマドレーヌが居住まいをただす。

マドレーヌの右手が掲げられ、そして振り下ろされた。

「はじめ――」

〇

「ぎゃはははは」という下卑た笑い声が前を走る馬車から聞こえてきて、私は眉をひそめた。更にそれにかぶさる嬌声に近い甲高い声。

私は耐え切れず、同乗人に声をかける。

「ベルナール殿、すまないが窓を閉めてもよいですか」

「……奇遇だな。私も今同じことを言おうとしていた」

目の前に座る体躯の大きな男が、腕を組んだままに頷いた。

マギア王国騎士団第一騎士団長、ベルナール・バーミリオン。普段は寡黙に任務にあたる彼も、今回の護衛にはさすがに辟易しているらしかった。私は力を込めて窓を閉める。

「全くバカ王子のお守りも楽ではない。遠出の目的がまさか女を買う為だとは思いませんでした」

「一応の名目が辺境の視察となっている以上、護衛をつけないわけにもいかん。しかし、王都最高魔術師ダミアン・ハートレイを駆り出すほどの用事ではなかったのは確かだ。申し訳ない」

「別にあなたが謝る必要はありません。一応にも国に仕える身として、王子から指名を受けては仕方がないと諦めていますので」

「指名をした理由が察せられるのがまたため息ものなのだ」

「…………」

　私は馬車前方の小窓から、改めて第三王子が乗っている馬車に目線を向けた。

　無駄に豪奢な造りの馬車は、馬に引かれているのとは明らかに別の理由で揺れている。

　王家第三王子、レクサミー・M・バーウィッチ。文武両道な第一王子と、跡目争いに興味のない第二王子を兄に持つレクサミーは、国民にも知れ渡るほどの道楽者だった。

　魔術や剣術の方面で芳しい才能を見せることができなかった彼は、十八を境に酒と賭け事と女にのめりこみ、人格に難ありと王宮内での評判も悪い。さらに質が悪いのは、それを気にかけて自重する素振りすらないことだ。今年二十一になろうかというレクサミーは、今もこうして、やりたい放題である。

「まったく、シャローズとはえらい違いだな……」

　私は思わずそう呟く。

　するとベルナールがムッツリ顔で閉じていた目を薄く開け、私の呟きを拾い上げた。

「シャローズ様とは昔から仲が良いのだったか」

「ええ。幼少の頃、彼女の魔術指南を任されていたこともありましてね」

「今も訓練場に時折顔を出される。指南役がよかったのか、王女でさえなければ騎士団に勧誘したいほどの実力だ。しかもまだまだ伸び盛りときている」

「あれは元々の素質ですよ。きっと優秀な王女として育ってくれるでしょう」

「……願わくば、よくない手本の影響を受けて欲しくないものだがな」

ベルナールが顎(あご)をしゃくって、レクサミーの馬車を指す。

私はそれに対して深く頷いた。

「まったく。本当に、まったくです」

○

「⁉」

掛け声とともに、目の前に立っていたはずのシャローズが消えた――。

と思った次の瞬間、右方向から足音がして俺は急ぎそちらに目線を向ける。そこには屋敷の壁を横向きに蹴って飛び跳ねているシャローズがいた。

なるほど、マドレーヌが開幕一手目に気を付けろと言っていたのはこれか。

その身のこなしはもはや曲芸、こんなアクロバティックな乱戦に持ち込まれたら俺に太刀打ちする術はない。忠告をもらっておきながら油断をしていた自分を省(かえり)みながら、俺は急接近するシャローズに向けて急いで右手を伸ばした。

野球ボール大の水球が六つほど宙に浮かび、そのうちの一つを彼女めがけて真っすぐ発射する。しかしこれは彼女の残像をとらえるのみだった。

俺はすかさず二つの水の弾丸を放つ。修正を加え、動きを予測した場所に放つが、またも外れ。

しかし、今度回避されてしまった理由は俊敏さではない。彼女の体は透明な段差でも踏んだように、宙に弧を描いて飛んだのだ。

シャローズは驚く俺を見下ろしながら、空中でさらに一回、方向転換する。映画のCGでも観ているようなその動きは、明らかに人間技ではない。つまり――、

「光魔法か……！」

「あら、もうバレちゃったの？」

少し悔しげな表情を浮かべながらも、宙を蹴って迫り来るシャローズ。振りかぶったその剣は今にも俺を間合いに収めようとしている。

「――――」

俺は水の球ではとらえきれないと判断し、残り三つの水球を地面に捨てて、両手を振り上げる。剣の間合いに入ったという事は、俺の間合いに入ったという意味でもある。

彼女の顎を狙って、間欠泉のように水が噴き上がった。

「‼」

今度驚いたのはシャローズの方である。

目の前に水の壁が生じた形の彼女は、慌てて光魔法で足場を作り、後ろ回転しながらすんでのところで回避した。後ろに跳ねて俺と距離をとりなおしたシャローズは、地面

いことだ。

に足をつき、一度体についた埃を払う。さらに恐ろしいのはほとんど息が切れていな
　俺が感心する反面、しかし本人は不満げな表情を浮かべていた。

「……マドレーヌ」

「なんでございましょう」

「もしかして今、避けてなかったら一本で試合終了だったのかしら」

「さようでございますわね。実際、手を振り上げかけましたわ」

「危ないところじゃない……！」

　シャローズは口を結び、キッと目線を前に向け直した。

「ねえ、ローレン」

「はい」

「あなたが撃った水魔法、なんだか普通と違う気がしたんだけど……、何故かしら」

「普通と違う、ですか？」

「なんというのかしら、迫ってきたときの圧迫感？　迫力？　とにかく普通じゃなかった気がするの」

　俺は内心ぎくりとするが、それを表情には出さない。

　今、俺がシャローズに明かせる手の内は水魔法のみで、氷魔法や光魔法を使うわけにはいかない。加えて魔力量が露呈するのもできれば避けたいところだ。たとえマドレー

ヌがボロを出しても問題ないと言ったとしても、進んで手の内を明かす理由にはならない。

ゆえに、俺はいささかの工夫をしていた。魔力を質量ではなく密度に変換するよう意識したのだ。魔法の発動速度や威力は変化するが、見た目からでは分かりづらいはずだと思ったからである。

もし、シャローズが今の一合でそのことを感じ取ったのだとすれば恐ろしい。しかも実際には彼女には命中していないので、感覚だけで察知したことになる。獣(けもの)か何かなのだろうか、あの王女は。

「同じ魔法でも、その中身は扱い手によって大きく変わる――。これはダミアンから教わったのだけれど、あなたの魔法の感じ、彼女に似てるわ。接戦を演じたっていうのは嘘じゃないわね」

「その評価はいささか性急だと思いますが……、もし今ので納得いただけたら俺としては助かります」

「それとこれとは話が別よ。勝負は勝ち負けがつくまでやるものだもの。さあ、再開しましょう。言っておくけどわざと負けようとしたら、打ち首だから」

「あなたが言うと洒落になりませんよ⁉」

シャローズが再び剣を構え、俺も足に力を込める。

しかし今度は彼女から飛びかかってくる様子はなく、俺からの一手を待っているようだ。ならば望み通りこちらから仕掛けてみるのもいいだろう。

俺は素直に水魔法のみで彼女に対抗することを決め、魔力を込める。

生成したのは円盤状に回転する水の刃（やいば）。水の球の回転を極端に強めると遠心力によって自然と球は薄くなる。あとはまとまりを保ったまま勢いよく放てば、樹の皮をえぐるくらいの威力が生まれるのだ。うまく剣で受けてくれればいいがと思いながら、俺は三つの円盤を別々の軌道で放った。

シャローズは俺の発動した魔法を見てから、前方に光の壁を展開した。

しかしそのくらいの対応は織り込み済みだ。放った円盤は壁を迂回（うかい）するように左側面、上部、右側面から弧を描いてシャローズに迫った。感覚的には川の水面（みなも）で水切りをしたり、フリスビーを投げたりするのに近い。

「――――！」

シャローズは回転する水の刃が想定外のカーブを描いたので、瞬時に光魔法を展開する方向を変えた。しかし別々の方向から迫り来る三つの円盤を、全て同時に防ぐのは難しい。二つは光の壁にぶつかって霧散したが、右側面から迫るものだけは、うまくシャローズの懐（ふところ）に潜り込んだ。

当たればたやすく皮膚をえぐるだろう円盤の行方を、俺は内心冷や冷やしながら見ていたが、そんな心配は無用だった。シャローズはその場で飛び上がって危なげなく円盤を躱（かわ）すと、右手に持った剣を斬り下ろした。しかし、残念ながらそれで終わりとはいか

ない。

「――っ⁉」

シャローズはすぐその異変に気づいたようだった。

叩き斬ったはずの円盤の回転速度が、刀身とぶつかってもなお衰えなかったからである。まるで鋼と鋼がぶつかったようなギャリギャリという音が上がり、円盤が水しぶきとなって飛散、同時にシャローズの持っていた剣も庭の生垣（いけがき）に吹き飛んだ。

意図した通りにことが運んだので、心の中でガッツポーズをする。

これにはさすがのシャローズも予想外だろう。俺は空中で体勢を崩したシャローズを目標に、とどめの水の球を生成した。――だが、今度は俺にとって想定外なことが起こる。

「ふんっ！」

シャローズが体を縦回転させたかと思うと、着地と同時に勢いよく地面を蹴り、俺目掛けて全力疾走をしてきたのである。

不規則な弾道を描いた水の刃を避けつつ、さらには持っていた剣を弾き飛ばされた0コンマ数秒後に、人間はそんな動きができるものだろうか。

剣がないなら素手で肉迫すればいいという発想はシンプルだ。ただ、その結論を叩き出すまでの速度と、決断した後の身のこなしが異常なのだ。金色のポニーテールが、振り落とされまいと必死にしがみつくように、ぱたぱたと音を立てている。

俺は用意していた水魔法の弾道の修正を余儀なくされた。だがその動きの淀みは、彼女からすれば決定的な隙と映る。

地面を左右に蹴り、ジグザグと機敏に動きながらシャローズは俺に迫る。右拳を握っているところを見ると、彼女は普通に俺を殴ろうとしているらしい。もはや悠長に弾道など選定している場合ではないと、俺は生み出せるだけの水球を即座に生成し、ただ前方に放射した。

しかしまるで当たり前のように、シャローズは無数の水の弾丸を躱してみせる。

俺とシャローズの距離はもはや一足で届くほどの距離になり、彼女は最後に一度強く地面を蹴った――、はずだった。


「――えっ」


次の瞬間、彼女の足裏はあるべき摩擦を見失い、踏ん張りが利かず派手に背中から転倒する。

シャローズは地面に叩きつけられたあと、ごろんと一回転して、空を上方に仰ぎながら驚きに目をぱちくりさせた。

「……何が、起きたの……？」

「さあ、なんでしょう。ともあれ――」

俺は呆然(ぼうぜん)とする彼女の傍(そば)に歩み寄った後、横へ顔を向けて、「俺の勝ちですね?」と尋ねた。

マドレーヌは小さく微笑(ほほえ)んだのち、「一本」と言ったのだった

第八章　光

「うわ」

シャローズの訪問から三日後。

俺が食堂に顔を出すと、テーブルに突っ伏している紅い毛玉が目に入った。一瞬、妖怪かなにかかと思ったが、すぐにテーブルに突っ伏しているダミアンだと気づく。

「おぉ……、ローレンじゃないか……。すまんな、帰って早々こんな情けないありさまで……」

「いえいえ、護衛任務お疲れ様でした。二日酔いですか？」

「うむ……、頭がぐわんぐわんしてどうにかなりそうだ……。すまんが、誰かに言って温かい飲み物を持ってくるように……、おえ」

「ああ、はいはい」

キッチンに続く扉へ向かいながら、そう言えばナラザリオ邸で夕食をともにした時も飲み過ぎて気分が悪くなっていたなと俺は思い出す。しかし、今回二日酔いになっているのは、彼女が好んで酒を飲んだからではないようだった。

昨日の真夜中、予定よりも半日遅れてダミアンは屋敷へ帰還した。

ちょうど研究作業のために起きていた俺は玄関で彼女を出迎えたが、足取りのおぼつかない彼女は不機嫌そうに「寝る」とだけ言って、さっさと自室へ入って行ってしまった。マドレーヌがそれを見て「あれはヤケ酒をあおった時のお顔ですわね」と言ったのが印象的だった。

「どうぞ」

目の前に温かい飲み物の入ったカップを置くと、ダミアンは両手で包み込むようにしながらそれに口をつける。そしてほうっと息を吐きだした。

「ああ……、染みる……」

「もうしばらく部屋で休んできたらいかがですか」

「……うむ、しかし横になっていても気分が悪くてどうにもな。あらかじめ仕事を休みにしておいてよかった。……ああ、そうだ。留守中にシャローズが訪ねて来たらしいな」

「はい、ダミアン様が出かけられたちょうど翌日に」

「そうか、それは悪いことをした」

「シャローズ様も、予定を確認せずに来たのが悪いとおっしゃっていましたから構わないでしょう」

ダミアンが顔を持ち上げ、腫(は)れぼったい目を少し細めて俺を見る。

「……その口ぶりだと、少し話したようだな」

「ええ、まあ」

「どんな話をしたんだ。何か言っていたか？　言っていたというのは、つまり……」

「それは、ええっと」

俺はこの前やたら盛り上がったガールズトークについて何と言うべきか分からず、頭を掻いた。くわえて、そのあとに手合わせをしたなどと言えばさらに驚くだろう。

一旦その話は後回しにしようと、俺は話題をダミアン自身へ戻す。

「それより、ダミアン様こそどうして護衛任務でベロベロになって帰ってきたんです？」

「……護衛任務の話か。そうだな……、では頭痛を紛らわすためにも、少し愚痴に付き合ってもらおうかな」

「愚痴、ですか？」

「王族の護衛任務にあたっていたことは、たしか言ってあったな？」

「ええ」

「今回護衛したのは第三王子だったのだが、これがとんだバカ王子でな。今回の任務も辺境の視察というのは名ばかりのものだったのだよ。まったく」

ダミアンのあまりに明け透けな物言いに少し驚きつつ、尋ねる。

「第三王子の評判があまりよくないというのは噂として聞いたことはありますが……、バカ王子ですか。辺境視察が名ばかりなら、本当の用事はなんだったんです？」

「女買いだよ」

ダミアンは、心底忌々しいといった様子で吐き捨てた。

「お、おんな……。それが名目上は視察となっている訳ですか」

「国民には口が裂けても言えない事だ。遠征費も、気に入った女を連れ帰って囲う金も、辿ればすべて税金なのだからな」

「それは、何と言うか……」

俺は何か感想を探すが、適切な言葉が見つからない。どの世界にもそういった輩はいるものなのだなと呆れた。

「だから最初から言っていたのだ、護衛任務などろくなものではないと……。仕事といえば行く先々で起こる粗相の火消しと、まだまだ足りないから別の街に行くぞと言い出す王子をなだめる事だったよ。色狂いもあそこまでいくと感心させられる」

「そうでしたか。しかしそれでも、ダミアン様が二日酔いになった理由にはならないような気がしますが」

ダミアンはそこで、ため息代わりにカップに口を付ける。本当は思い出したくもないが、誰かに言わねばやってられないという感じだった。

「……昨日の夕方、王都から西に見た宿場町で食事をとった。その時点で予定よりも遅れていたので、すぐ帰るように促したのだが、すでに酒の入っていた王子に強く反発されたのだ。そしてこう言ってきた。『ならばお前が俺の横に来て満足をさせろ』とな」

「なっ……」

俺が思わず声を上げると、ダミアンは即座に首を振った。

「私は騎士ではなく魔術師だが、今の地位には誇りを持っている。いかに王族の頼みとはいえ娼婦まがいのことはしないさ。もしそんな羽目になったとしたら舌を噛んで死ぬ。しかしさすがにただ嫌では通らないので、せめて酒には付き合ってやった。その結果がこの有様というわけだ。ヤケ酒で悪酔い、そして二日酔い……。最悪だよ」

「なるほど、それは本当に、お疲れ様でした」

俺はテーブルの上に顎を乗せてゆらゆらと頭を振るダミアンを素直に気の毒だと思う反面、少し安堵もしていた。自分が世話になっている相手が、王族とはいえ会ったこともない相手にいいようにされている様を想像するのはさすがにごめん被る——。

が、しかし俺とて、見た目はいざ知らず心まで思春期の男の子ではない。貴族社会でさも当たり前かのように行われる情事や汚れた金というのは、辺境の一貴族だったとしても全くの無縁ではいられない。どの世界でも、金と地位と権力と欲望の螺旋は、どろどろと絡み合って分かち難く、救い難い。

願わくば、貴族の名を棄てた今の俺はそうしたものとは縁を切った——、と思いたいものだ。

「——お目覚めになられましたの」

まだまだ出てくる遠征の愚痴を聞いていた途中、一仕事終えた風のマドレーヌが食堂へ入ってきた。ダミアンが右手をひらひらと振る。

「おお……、マドレーヌか。帰ったぞぉ」

「ええ、おかえりなさいませ。しかし、かようにみっともないお姿をローレン様へ晒しておられるのは感心できませんわね。髪もそんなボサボサで」

「む、固いことを言うな……。以前ならいざ知らず、今は身内のようなものだ。別に構わんだろう、なあローレン」

「ええ、俺は別に気にしませんが」

「そうやって油断していると、呆れてお屋敷を出て行ってしまうかもしれませんわよ」

マドレーヌがそう言った瞬間、ぐったりしていたダミアンがばっと飛び起きる。そして、口をへの字に曲げて俺を睨んだ。

「なにっ、出ていくつもりなのかローレン!!」

俺は慌てて両手を振った。

「いいえ、まさか」

「本当だろうな!!」

「俺は今この屋敷で匿ってもらっている身分ですよ？　それが、ダミアン様になんの筋も通さずに出ていけるわけないじゃないですか」

「そ、そうだな！　君はそういう男だと信じているぞ？」

ダミアンは鼻息を荒くしながらも頷く。しかし追撃の手をやめないのはマドレーヌだ。

「分かりませんわよ。ローレン様とて若い男性ですもの、よそに恋人でもできればどうなることやら」

「ここ、恋人ができたのか、ローレン‼」

ダミアンの声が裏返る。

「できる訳ないでしょう、そもそも外に出ないのに！」

「おおお、そうだ、そうだった。取り乱してすまない、冷静になれば分かる事なのに」

「そう言えばこの前、朝早く精霊教会の方に降りていかれたことがございました。見物だけにしては時間がかかっているなと思っていたのですけれど――」

「ロロロロロロロローレンッ⁉」

「ちょっと、やめてあげてくれませんかね⁉」

主人をおもちゃに遊ぶマドレーヌにツッコミを入れると、「これからが面白いところですのに」と肩をすくめるだけで反省の素振りはない。しかし同時に、このやり取りこそが通常運転だったと思い出す。他のメイドたちがくすくすと笑いながら後ろを通り過ぎていくのを見れば、結局、みんなダミアンの帰宅を喜んでいるのだと分かる。

これもまた人徳というのだろうと、俺は思った。

○

簡単に朝食を摂ったダミアンは多少気分を回復したようだったが、それでもまだ重そうな頭を抱えて自室へ引き下がって行った。

退室間際、マドレーヌがダミアンに何通かの手紙を渡していた。シャローズから預かっていたものだそうだ。その中にはいかにも重要そうなものも含まれていて、あのお転婆王女はまったくの気まぐれで遊びに来ていた訳ではなかったのだと気付いた。

ほくろの数も知っているほどの仲と言っていたが、かたや第四王女、かたや王都最高魔術師。仲良くするというにも、付きまとうしがらみは一般人の想像の及ぶところではないだろう。

食堂を出て、廊下を真っすぐに突き当たった先の扉を開くと、母屋と離れをつなぐ短い渡り廊下に出る。そこを通りすがる間のわずかな隙間から、先日の足跡が残ったままの裏庭が見えた。

一瞬立ち止まり、鮮烈な印象を残したシャローズ・M・バーウィッチとの手合わせについて思い出す。実際は五分にも満たなかったが、極めて濃密だったあの魔術試合。

俺は彼女から一本を取り、勝利を得たわけだが、しかし内心では罪悪感も覚えていた。

結局、自らに課した縛りを守り切ることができなかったからである。

まさか、とっさに氷魔法を使うことになるとは――。

　勝負が決まる直前、シャローズは一足に俺との距離を詰めようと、地面を強く蹴った。俺の反射神経では、闇雲に水魔法の弾を生成して放つくらいの暇しかなかった。だが、水魔法の弾丸は警戒されている。だから俺は彼女の足元に、薄い氷を張ったのだ。いかに運動神経が優れていても、蹴った地面が滑るとはさすがに思わない。すぐに水に戻したので、シャローズからは本当に何が起こったのか分からなかっただろう。

　試合が終わったあと、シャローズは俺に詰め寄り、説明を求めた。なぜ負けたのかが分からないことは彼女の経験上でも珍しい事だったのだろう。俺が、できれば種明かしはしたくないが、ちょうどいい言い訳が思い浮かばないと困っていると、事情を察したらしいマドレーヌが助け舟を出してくれた。

「……シャローズ様、そのくらいにしていただきませんと、ローレン様がお困りですわ」

　しかしシャローズは納得いかない様子で、不満げに口を尖らせる。

「でも、だって、気になるじゃない。やっぱり先手を譲ったのが敗因？　でも結局、あの水魔法によって剣が弾き飛ばされていただろうし、最後に何が起こったのか分からなかった時点で――、ねえローレン」

「な、なんでしょう」

「あなた、全然本気出してなかったでしょう」

ジトリとした視線がこちらへ向けられる。

「まさか、そんなことありません。最初から最後までギリギリでした、本当に」

「目が泳いでるわよ。……まったくもう、ごまかし方までダミアンとそっくりだわ。本当に悔しい。ローレンお願い、もう一戦だけやってくれない？　いいでしょう？」

ねだるようにこちらを見上げるシャローズ。しかし、俺はきっぱりと首を振った。

「お断りします。試合前に約束したはずですよ、これっきりにすると」

「それはそうだけど、こんな負け方すると思わなかったんだもの。だからお願い。次で本当に最後にするから」

「残念ながらお受けできません。約束は約束です」

「どうして？　お金なら払うわよ？　知ってるかもしれないけど、うちってすごいお金持ちなの」

「一国の王女様がなんたる言いぶりですか……」

「ねーえ、いいじゃない。ローレンだって楽しかったでしょう？　ねえねえ」

「シャローズ様、負けは負け、約束は約束ですわ。ここはお引き下がりくださいませ」

「むぅ……！」

「それにお召し物が汚れておられます。屋敷の中へ一旦お戻りください」

シャローズはしばし難しい顔で葛藤(かっとう)していたが、やがて特大のため息を漏らして言った。

「……はあ、分かったわ。負けは負け、確かにその通りね」

俺はマドレーヌに連れられて行くシャローズの背中を見送り、胸をなでおろす。

まさか、起き抜けに一国の王女と手合わせをする羽目になるとは思わなかったが、王都の最高魔術師の家に居候していればこういうことも起こりうると、一度心に刻んでおかなければならない。何せ同じ街には、国王さえ住んでいるのだから。

なにはともあれ、再戦の提案については、折れてくれて助かった。

その一方で、彼女の言っていた「初対面で仲良くなるにはこれが一番」という言葉を、俺も少し実感していた。手合わせに至るまでの姿勢と戦いぶりからは、確かに彼女の人となりが窺えたし、それは言葉を交わすだけでは得られなかったものだ。そしてきっと逆も然りなのだろう。

戦い、という観点で見たときにシャローズは非常に優秀な戦士と言えるだろう。

特筆すべきはアクロバティックな身のこなしだが、それを累乗的にサポートしているのが光魔法だ。ときに盾となり、足場ともなる柔軟な戦術は、俺が知っているダミアンの戦闘方法ともまた違って興味深かった。こと光魔法のみに限るのであれば、四属性を等しく操るダミアンよりも、シャローズの方が上を行っている部分があるかもしれない。

無論、ダミアンの光魔法の全てがナラザリオ邸での手合わせで披露されたはずもないが……。

なんにせよ、俺の光魔法は二人に遠く及ばず、角砂糖とコンクリートほどの差がある。

俺が同じようなことをしようとすれば、そのまま落ちて怪我をしてしまうだろう。

——魔力量の問題か。

違うだろう、俺には十六年分の貯蓄があるはずだ。

——練習が足りないのか。

それは確かだ。彼女たちの光魔法は、反復訓練とセンスに裏付けされたものである。

しかし、水魔法の時そうだったように、それが全てではない。

足りていないのは、正しい理解だ。

そして、正しい理解は一人で得ようとすれば限界がある。幸いにして、俺はこれ以上の人はないというほど優秀な協力者の元で暮らしている。今は折り悪く、部屋で苦しんでいるが、気分が回復したら一度光魔法について相談してみよう。

そう決心し、部屋に向かおうとしたとき——。

「？」

視界の端に何かの影を捉えて、俺は裏庭方向へ視線を戻した。

王都の貴族地区に建っているという事もあり、ハートレイ邸の敷地は決して広くない。——いや、語弊があった。六畳間に住んでいた前世の記憶を参照すれば、庭付きの大豪邸と呼ぶことに些かの躊躇もないが、あくまで辺境に建っていたナラザリオ伯爵邸と比べれば小さい——という意味である。

前門があり、バスケットコートを二面並べたくらいの中庭があり、二階建ての建物が二棟並び、その裏に俺とシャローズが魔術試合ができる程度の裏庭がある。裏庭は二メートルほどの塀に囲まれていて、背伸びをすればかろうじて王宮のとんがり屋根が見えた。その塀に沿うように生垣が植え込まれ、隅に一本のリンゴの木が生えている。

その木の根元に、何かがいるのだ。朝の陽光に黒の毛並みが照らされている。ふと、その影が寝返りを打った。

「んん⁉」

俺は急ぎ足で階段を駆け下り、地面に寝転がるそれに問いかけた。

「……一体何をしてるんだ、アメリジット」

「………………うぅん？」

そこにいたのは魔術教室の生徒の一人、アメリジット・ザーリだった。リンゴの木の根元の、柔らかい草がまとまって生えている上で、彼女は心地よさそうに寝転がっていた。

「今日は魔術教室はお休みと伝えたはずだが？」

「あれぇ、そうなの？　なんでぇ？」

「ダミアン様が遠出から帰られたばかりでお疲れだからだ。うまく伝わってなかったのなら悪かったが」

「あ～、確かにこの前パパがそう言ってたかもぉ。昨日寝る前も、明日はおうちでお勉強って言われて、なんでかしら、おかしなのって思ってたけどそういう訳なのねぇ」

「伝わってるじゃないか、今の謝罪返してくれ」

俺はやれやれと腰に手を当ててるが、アメリジットはいつもの調子だ。

「まあまあ、勘違いは誰にでもあるもの、怒ることじゃないわぁ。でもせっかく来たんだから、少しくらいお昼寝していってもいいでしょ？　先生も一緒にする？　とっても気持ちいいのよ」

「寝ないよ。ていうかそもそも、この裏庭にはどうやって入ったんだ？　誰かが招き入れたのか？」

俺がそう尋ねると、アメリジットは草の上に横たわったままの体勢で、背中の方向を指差した。

「あそこのね、草むらの奥にちっちゃな穴が空いてるの」

「ちっちゃな穴？」

俺は身を乗り出して覗き込んでみる。そこには確かに、言われなければ気づかないような小さな隙間があった。

「……まさかここから入ってきたのか」

「そぉ、誰も見当たらなかったから」

「君は猫かなにかなのか？」

「うふふぅ、はい、先生ここ」

一周回って感心しながら、俺はアメリジットの横に腰掛けた。この世界には排気ガスも大気汚染もない。ゆえに王都の空もナラザリオと同じように高く青く澄んでいた。鳥のさえずりと、どこかを走る馬車の車輪の音の他には何も聞こえない。春の陽光が王都全体を柔らかく包み込んでいる。

「たしかに、ここで横になったら気持ちいいだろうな」

　俺がそう呟（つぶや）くと、アメリジットは嬉（うれ）しそうに頷いた。

「そうでしょぉ？　よくパパに、アメリは寝すぎだって怒られるんだけど、気持ちよく眠るってとっても素敵なことだからしょうがないの。睡眠以上に幸せなことなんてないんだもの」

「お父さんはどちらかと言うと、場所を選ばずに眠りこける癖を心配してるんだと思うけどな」

「ダメダメ、眠たいと思ったらベッドの上じゃなくたって寝るべきなの。人は目を瞑（つむ）った状態で生まれてくるし、死んだら永遠の眠りにつくでしょぉ？　つまり眠ってる状態が人のあるべき姿で、起きていることこそ不自然な――」

「分かった分かった。俺は別に寝ることが悪いなんて言ってないよ」

　今まで見たこともないほど饒舌（じょうぜつ）に語るアメリジットを、俺は軽くたたいて落ち着くように言う。この歳（とし）にして人生観が完成されすぎている気はしたが、ここまで信念をもって昼寝をしているならば止めはすまい……、と思っていたところへ、アメリジットがぐりぐりと身を捩（よじ）り、小さな頭を俺の膝（ひざ）の上に乗せてきた。

「……悪いとは言わないが、別に、枕を提供するとも言ってないんだがな」

「まぁまぁ、固いこと言わないで。枕だけにぃ」

「何が枕だけになんだ」

「ねえ、先生(せんせ)ぇ」

「ん？」

「この前、レレルに言ってたの、聞いてたんだけれど」

「レレルに言ってたこと？」

「毎日どういうイメージで練習をしたか、どういうふうに上手くいかないのか、そもそも上手くいかないというのはなんなのか、理想の魔法はどんなかって」

「──ああ」

四日前、ダミアン不在の魔術教室で、水魔法が上達しないと悩むレレルに、たしかに俺はそんな風なことを言った。

「私も帰って考えてみたの。ほら、私って上手くいくときと上手くいかないときの差がひどいでしょぉ？」

「まあ、ムラがあるのは事実だな」

「何となくその日の体調とか、気分の問題だろうって考えてたんだけど、よぉく今までの事を思い出してみたらひとつ気付いたことがあるの」

「ふむ？」

アメリジットが右手を宙に伸ばした。手のひらの先が白く発光し、透明なキューブが生成された。キューブは微動だにせず、空中に釘止めされたように固定されている。ノックするように透明なキューブを叩いてみる。コォンという音と、水晶のような硬い感触があった。

「おお、今日はかなり調子がいいみたいじゃないか？」

「ね、ローレン先生もそう思うわよねぇ」

光魔法の指標には大きさや分厚さもあるが、何より重要なのはその硬さだ。どれだけ大きな盾を展開できようとも、衝撃に耐えうるための強度がなければ意味がないのである。事実、現時点での俺の生み出せる光魔法にはまるで強度が足りていない。対して、アメリジットの光魔法は、ダミアンやシャローズと比べれば見劣りはするが、既に十分な強度を有しているようだ。

と、そこで――、

「いっぱい寝たからだと思うの」

「……え？」

予想外の言葉が出てきたので、俺は思わず聞き返した。

「寝不足の時は調子が悪くてぇ、ちゃんと寝た次の日は調子がいいみたい。頭がすっきりして、体全体がほくほくしてる時。それがきっと上手くいく条件じゃないかしらって」

俺は、なんとなく似たようなことをつい先日に聞いたような気がして考え込んだ。そう、この前、ルフリーネが土に手を当てながら言っていたのだ。『目を瞑ると上手くいく気がする』と。これらは果たして、その日のちょっとした体調の違いや、魔術のコツと捉えていいものだろうか。

そもそも、ダミアンは魔術講師補佐を打診した時に、俺に何を求めていたか。

君の研究の骨子――、イメージと理論を教えてくれと、言われたのではなかったか。

イメージ。理論。

魔法への正しい理解。

それは、つまり――？

「先生、聞いてるぅ？」

下から怪訝そうな声が聞こえ、俺は我に返る。アメリジットの生み出した光魔法は既に消えていた。

「――あ、ああ、すまん。いや、とても興味深いと思ってな」

「ほんとぉ？　パパには笑われちゃったの。また寝る言い訳をしてるんだろうって」

「寝る言い訳だったのか？」

「違うわよぉ。本当にそうじゃないかって思ったから、先生に報告するのを楽しみにしてたんだもの」

「…………」

「面白い発見だし、アメリジットが授業に前向きなことはとてもいいことだと思う。ただ——」

「ただ？」

「今の時点では、まだ思い付きだ。原因と結果の結びつきはアメリジットにしか分からない。アメリジットのお父さんを納得させられるように、データを集める必要がある」

「どうすればいいのぉ？」

アメリジットが首を持ち上げた。その目に興味の光が宿っているのを認め、俺は彼女を真正面に座らせた。

人差し指を立てる。

「まず一つ、客観的に間違いがない数字を見つける。アメリジットがいつ、どのくらい寝たのか。これがアメリジットの説の土台になるんだから、正確な数字をちゃんと記録しよう。他の人に協力してもらってもいい。数日や一週間ではちょっと足りないな。少なくとも一ヶ月分は記録が欲しい」

「一ヶ月もぉ？」

「データの量は多ければ多いほど、信憑性が高くなるんだ。少なくとも、他の人にたまたまだって言われないくらいのものが必要だな」

「うぅん、そっかぁ」

アメリジットは眉根を寄せながら、しかし納得したように唸る。

「二つ目に、光魔法の出来栄えと結びつけなければならない。まずはアメリジット自身の感想でいい。昨日よりも出来栄えがいいか、悪いか。そこから始めよう。こっちでも数字がとれればいいが……、これはかなり難しいと思う。ダミアン様にも一度意見を仰ぎたいところだな。まあ、魔法の持続時間あたりが現実的かな？」

「あとは、大きさとか？」

「日によって差があるのか？」

「その日に出せる一番大きな光魔法なら、できるかもって思うわぁ。そもそもあんまり、大きくするのが得意じゃないんだけれど」

「そうなのか」

アメリジットは、さっき出した光魔法の大きさはどのくらいだったかと、手のひらと手のひらを合わせてみせる。俺はその、両の手を握り合わせるような所作が気になって聞いてみる。

「アメリジットは、光魔法を出すときにどんなイメージをしてるんだ？」

「ん、どういう意味ぃ？」

「つまり、魔法を使う時にどういう事を思い描いているかってことなんだが」

「魔法は魔法じゃなぁい？　変な質問」

アメリジットは首をかしげながら笑う。

しかし、少し後に、思いついたようにこう言った。

「お団子を握る感じかも……。こう、ぎゅって」

「お団子を、握る」

「そぉ」

アメリジットはおにぎりを握るような形で、両手を合わせる。手の中がぽうっと灯り、透明な立方体が生み出されたのが分かった。

俺は自分も試してみたいという衝動にかられた。しかし、アメリジットの前で光魔法を扱うわけにはいかないと思いとどまる。それでも、自分の中で何かが納得いったような感覚があった。今まで得られた断片的な情報が、ゆるやかにまとめ上げられるような感覚。

過去に何度か、こういう経験がある――。

「ローレン様！」

不意に背後から声をかけられた。立っていたのはマドレーヌで、俺のすぐ目の前にアメリジットが座っているのを認めて、ほっとしたような表情を浮かべている。

「いらっしゃっておられたとは存じませんでしたわ」

「ああ、すみません。今日授業があると思っていたようで」

「ええ、そのようですわね。アメリジット様、お迎えが来ておられます」

マドレーヌはそう言って、前門方向を指し示した。

どうやら、使用人が、屋敷にアメリジットの姿がない事に気付き、慌てて訪ねて来たようだ。

アメリジットはふわぁと大きなあくびを一つして、ゆっくりと起き上がった。迎えが来たことに慌てる様子も、間違ってやってきたことを後悔する様子もなく、いつも通りだ。マイペースもここまで来れば大したものだと思いながら、俺はアメリジットの背中に声をかける。

「じゃあアメリジット、また来週の授業でな」

するとアメリジットは思い出したように駆け戻ってきて、俺の耳元に口を近づけると「先生に言われたこと、やってみる」と囁いた。

○

俺は引き出しの中から、紙の束を取り出した。

表題に『光魔法の解明』と書いてあるそれを、ダミアンが座っている目の前のローテーブルに広げる。遠征から帰宅して一日半が経ち、さすがに二日酔いはすんだようだ。

しかし、眉の間には皺が寄り、難しげな表情を浮かべている。

「本当に、光魔法が使えるようになったのか？」

「えっと、まあ、はい」

「そうか……。とにかく、見せてもらえるかな」

ダミアンはテーブルの上の資料を一瞥してから、こちらを見上げた。その視線の中には、期待と懐疑が半々といった風だ。俺は頷き、右手を前方に掲げた。

息をふっと吐き、目を瞑って脳内に明確なイメージを形成する。体を流れる魔素が腕先に集中し、仕込み杖に注ぎ込まれる。

「！」

瞼の向こうで、息をのむ音が聞こえた。

目を開くと、一辺が三十センチほどの透明な立方体が、宙に浮かんでいた。動かず、揺らがず、驚くほど静かにそこに存在している。今までの光魔法もどきと違う事は、触るまでもなく明らかだ。きっと今なら、銃弾だって跳ね返せるだろうという確信があった。

「……本来魔法属性の目覚めというのは幼少期にすむものと相場が決まっているのだが……、そういった常識は君には通じないらしい。あるいは、君はまだ魔法に目覚めて四ヶ月の赤ん坊状態と考えた方がいいのだろうか？」

「あ、なるほど。そういう言い方もできるかもしれませんね」

俺がその表現に納得し、テーブルに視線を落とす。すると自然、魔法から意識が外れ、光の粒が音もなく空気中に溶けていった。

「ローレンがいつの間にか光魔法を取得していたとは知らなかったよ。王都に来て以降の、研究の成果ということなのかな？」

「仰(おっしゃ)る通りです。ただ、こうしてちゃんとお見せできる段階に至ったのはつい昨日で、資料も取り急ぎまとめたものです。やや性急かとも思ったのですが……」

「途中経過でも構わないよ。私に有意義な意見ができるかは自信がないが、光魔法に関しては、まだ私に一日(いちじつ)の長(ちょう)があると言えるだろうからね」

「ありがとうございます」

俺は、ごほんと一つ咳(せき)ばらいをした。

「まず俺は、光魔法の原理を【魔素の固定】ではないかと仮定しました。そういった意味で、氷魔法を発見した次に、光魔法を会得したことは理にかなっているように思います。しかし、この仮説では十分な結果は得られませんでした」

「十分な結果とは？」

「つい一昨日(おととい)まで、俺の出せる光魔法には角砂糖ほどの強度しかなかったんです。大きさはあっても、強度が圧倒的に足りなかった。つまり――」

「仮説が間違っている、あるいは欠陥があると。いいとも、君のそのアプローチは既に成果を上げているのだから、一度とことん突き詰めるべきだ」

ダミアンの理解力の高さと、考えの柔軟さはとてもありがたい。彼女が四属性もの魔法を扱える所以(ゆえん)は、ここに隠されているのではないかと思う。

「君の光魔法が上達したきっかけは、何だったんだ？」

「昨日、実はアメリジットが訪ねてきまして」

「ほぉ？」

ダミアンは意外そうな顔をしたが、ちょうど彼女が自室に引き下がり、頭痛と格闘していたタイミングなので気付いていなくても仕方ない。

「その時少し話したんです。彼女は光魔法を発動するときのイメージを『お団子を握る感じ』と表現していました。単純な意識の差かもしれませんが、それまでの俺の発想にはないものでした。つまり、【固定】ではなく【圧縮】なのではないか——、と」

ダミアンは顎に手を当てて考えこみ、少ししてからようやく頷いた。

「圧縮という表現は、芯をついているように思うな。任意の場所にぎゅっと力を込め、透明な壁を作り出すのが光魔法だ。より正確に表現するなら、泥団子かな？　たっぷりと水を含んだ泥を、指の隙間から漏れないように握り固めているような感覚に近い。ゆえに、油断をすればたやすく隙間から中身が漏れ、壁の機能を失ってしまう。それは当然壁の面積が大きくなればなるほど、硬くしようとすればするほど難しい。光魔法が使えても、それが実戦レベルに達していると自信を持って言える者は、騎士団の中でも案外多くはないんだ」

さすが王都最高魔術師、言語化が適切だ。

ダミアンの表現は、光魔法のコツをつかんだ俺にとってもよく腑に落ちるものだった。

光魔法とは、空気中の魔素に干渉し、集約し、圧縮する魔法。アメリジットはいまだ、干渉できる魔素の量が少ないから大きな壁を作れないのだ。逆に、大した訓練も経ていない俺が光魔法を扱えているのは、きっと魔力量で経験不足を補っているから。言うなれば、泥を二つの手で包み込んでいるのではなく無数の手で無理やり押さえつけているに近いのではないか。

しかし、それはあまりよいこととは言えない。同じだけの魔法を発動するのに消費される魔力が違う。結果が同じならそれでいいかといえばそうではない。俺の体内に残っている十六年分の魔力はあくまで十六年分であって、無限ではないのだ。魔術の技巧レベルをあげることは魔力の消費を抑えることにつながり、今後の俺にとっての必須課題と言える。

ともあれ、光魔法に対する捉え方がダミアンと一致したことは、信憑性が上がるという意味でも喜ばしいことだ。

「最初の仮説に何が足りなかったかは分かりました。光魔法は【圧縮】されて形を得て、そのあとに【固定】されるんです。それを氷魔法と同じ要領でやっていたから、うまくいかなかった。ここで一度、過程を細分化してみました」

「ふむ」

ステップ1：魔力を込めると、手の先の一定空間が淡く光って魔法空間と呼ぶべきものが生まれる。

ステップ2：その空間内にあるはずの魔素に働きかけ、【圧縮】をさせる。

ステップ3：形成した魔法が崩壊しないように、その場で【固定】する。

これらが既存の魔術書には、『壁を生み出し、魔力を注ぎ続ける』としか書かれていない。読者を光魔法に目醒め終えた者としか想定していないからだ。あとは上級技巧として『壁の厚さを変化させる』『壁自体の形状を変化させる』というものがある。改めて探してみたが、足元に魔法の壁を生成して足場にしてみましょう、などということを書いている本は見つからなかった。

俺はシャローズとの魔術試合について、かいつまんで話してみた。

「踏み台にする程度であれば私にも可能だ。しかし戦闘の最中に空中を飛び回るような曲芸はできない。あれはシャローズの身体能力とバランス感覚があってこそのものだろう。おそらく君にも難しいんじゃないか」

「ええ、それに関しては異論ありません。ただ気になるのは、光魔法が浮いているという点なんです。ダミアン様が盾として光魔法を展開するときも、やはり浮いているんですか？」

俺はナラザリオ邸で行われた模擬戦を思い起こしながら尋ねてみた。

「浮いているな。手のひらの先に壁を生み出すものの規模を大きくしているのだから、私にとっては当たり前のことだったが……、いざ考え直してみると当たり前ではないのだろうか？」

「ええ、むしろここが一番のキーではないかと考えます」

空中に壁が形成されることは水魔法と同じと考えれば違和感はない。魔法の使用時に、術者は何らかの方法で空気中の魔素に干渉し、そこに『限りなく無重力に近い空間』を無意識的に生み出している。より正確に言えば『重力よりも魔素の働きが優先される空間』だろうか。その働きがあるが故(ゆえ)に、水魔法は空中で球を形成し、意図した方向に回転した。

光魔法について言い換えれば、空気中の魔素を無重力空間内で操作し固定している、ということになるだろう。しかし、だとすれば俺が目にしたダミアンやシャローズの魔法には違和感がある。

あの壁は何に支えられているのか——、という問題だ。

もし無重力空間にただ硬い物体が浮いているのだとすれば、本来それは【浮いた箱】であり【壁】ではない。たとえば部屋の周りを囲っている壁が壁たり得ているのは、上と下から押さえつけられているので、そこに固定されているように見えるだけだ。支えもなく無重力空間に浮いているとすれば壁としての機能は果たさない。この世界にも存在している作用反作用の法則に基づき、加えられた力と同等の力が反対方向に働くはずだからである。

最初、光魔法は立っている地面に接地しているため抵抗を生んでいるのだと思っていた。しかし彼女曰(いわ)くそうではなく、シャローズなどは支えのあろうはずもない中空に光魔法を生み出して、それを蹴り、飛び上がっている。

光魔法は壁を生み出すだけでなく、魔法単体で【特定の座標に固定】することが可能。それが、現象から導かれる事実である。そして、座標の固定という部分。これに近しい事象を科学者だった頃の俺は見聞きしたことがある。

俺は、テーブルに広げられた資料を一度脇へ寄せた。

「光魔法について解明したいのはシンプルです。光魔法はなぜ盾になるのか――、つきつめて、魔素の固定とは結局のところなんなのか。これを実験しながら探っていく必要があります」

「なぜ光魔法は浮いていながら相手の攻撃を防ぎ得ているのか、という意味だな」

「魔術書では精霊の御業、という以上に記載がない部分ですね」

「はっは、皮肉たっぷりな物言いだな。さてこの研究が完成した暁には、どう精霊教会の連中に明かしたものかという感じだが、先のことは後回しにしようじゃないか。先入観は進歩の大敵、我々若者はより自由な発想で世界を変えていく気概がなければならないのだから」

ダミアンは快活に笑いながら言う。

紅い髪をなびかせて手を振り上げる様は、さながら舞台役者。『世界を変えていく』という表現は一瞬大げさにも聞こえるが、確かに今俺が為そうとしているのはそういうことだ。

「それで？　実験というのは何をするんだ。私は何をすればいいのかな？」

ダミアンは机に手をついて前のめりになった
「積極的に協力いただけてありがたい限りなんですが、光魔法の本格的な解明の前に、ここで一度基本的な疑問に立ち返らなければいけないと考えています」

「基本的な疑問？」

「はい」

気勢を削がれたように、眉根を寄せるダミアン。俺は小さく頷いたのち、懐から一枚の板を取り出して机に乗せた。

「……なんだ？　なんの変哲もない銅板に見えるが……」

「おっしゃるとおり、なんの変哲もない銅板です」

それは一辺十センチ、厚さ三センチほどの分厚い銅の板。昨日、オランジェットに言って手に入れてもらったものだった。要望通りの品物を、迅速に用意してくれるあたりはさすがである。

ダミアンが向こう側から「だからなんだ、もったいぶらずに教えろ」というジトリとした目を向けていることに気付いて、俺は急いで今回の話の主題を明かすことにした。

「光魔法のメカニズムの前に明らかにしたい疑問。それは、魔法がなぜ術者のイメージによって左右されるのか――。つまり、俺たちはなぜ魔法を操れるのか、ということです」

「……なぜ我々は、魔法を操れるのか？」

ダミアンが前のめりになっていた体を起こし、神妙な面持ちになった。

当然のリアクションだ。この疑問は、小学生に『なぜ君は走れるのか』という質問を投げかけるに等しい。返ってくる答えは『気付いたらできてた』であり、この世界に置き換えれば『精霊のおかげでしょ？』となる。

しかし、そこで思考停止した結果がこの世界の現状だ。

人間が走れるのは、脳があり、筋肉があり、骨格があるから。脳から発された信号は微弱な電流として神経を流れ、筋繊維を思う通りに動かしているから。さらに遡れば、生き残るために体を獲得し、繁殖するために運動能力を獲得し、発展するために知恵を獲得してきたから、という言い方もできるだろう。ともかく、人間はなんとなく走れるわけではなく、走るべくして走っているのだ。

魔法も同様。

物理法則に則って操っているのだと、俺は提唱する。

ダミアンが無理に絞り出すように言う。

「難しい話は残念ながら私には分からないが……、君の作った『魔素』という単語を借りるならば、我々の体の中には魔素が流れていて、世界にも魔素が満ちている。だから魔法が生まれているのではないか？」

「そこについては俺も同意します。体内の魔素と体外の魔素の反応が、魔法の第一歩。

俺はその一歩を踏み出すのに十六年かかったんですからね。ただそれはあくまで前提。ここからは、話を次のステップに進めたいと思います」

「次のステップ？」

「魔素の有無は話の下敷きにすぎない。言い換えれば、だからといって魔法を意のままに操れる理由の説明にはなっていないということです」

ダミアンはますます、眉間の皺を深くした。

「……言わんとしていることはわかる。私はそんなことに悩んだこともなかったが――、こんな銅板を用意しているあたり、ローレンには何か仮説があるのだな？」

「まあ、そんな感じです。なんですが……」

仮説があるというのはダミアンの言ったとおりだ。

しかし、俺の今立てている仮説はこの世界の科学レベルからかなり逸脱している。正直ダミアンにそのまま話して伝わるとは思えない。ダミアンの理解度がどうこうというのではなく、そもそも概念自体が世界に存在していないからだ。

だからといって、俺の頭の中の仮説だけで済ませる訳にもいかない。こうして快適な環境を用意してもらっている時点で、俺にはこの研究内容をこの世界の人々に嚙み砕いて伝える義務がある。

そんな俺の逡巡（しゅんじゅん）をどこまで見通したのか分からないが、ダミアンは力を抜いてソファにもたれると言った。

「まあ、とにかく一度聞いてみようじゃないか。分からないところは分からないと文句をつけてあげよう。そもそも私を呼んだのも既存の魔術知識を一通り押さえている私と、君の理論のすり合わせの為というのもあるんじゃないのかい？」

「はい、おっしゃる通りです」

　俺は資料の一枚を広げた。

　その紙には簡略的に人体の構造図が描かれている。骨格と、筋肉と、脳だ。内臓は省略してある。

　この図自体には知識と矛盾するものはなかったらしく、ダミアンは「ふむ」と声を漏らして一箇所を指差した。

「ここだけ色がついているな。頭のところ」

「まさしくこの話題の根幹は脳についてです。……脳が人間にとって重要な器官ということは、異論はないですか？」

「ああ、私は医者ではないので人体のつくりに詳しいわけではないが、脳が思考を司っている場所だという知識はある。心のありかが心臓か脳かなんて論争を聞いたこともあるが、それは今関係ないのかな」

「ちょっと話が逸れるのでそれは置いておきましょう。ともかく人間の意識や感情は脳の働きによるもの、これを一度念頭においてください」

　ダミアンの言った内容は、しかし案外的を射ていた。

心のありか——、前の世界における脳科学の歴史でも論点になった重要な話だ。心が脳にあると一番初めに提唱したのはたしか紀元前は哲学者の時代だったはずだが、ともかくこっちの世界にもそれに近しい認識は根付いている。それは人類の発展に医学が必要不可欠なことを考えれば、脳の存在や働きが認知されるのは必然の流れだからであろう。

ただ、これは精霊信仰的にはグレーゾーン……、人体解剖実験は特例以外認められず、生きた人間への切開手術という概念もないようである。魔法への無闇な検証さえよしとされていないのだから、さもありなんという感じだ。

「本題に戻りましょう。ここから先の話はダミアン様の常識の外に出るかもしれませんが、少し我慢していただきたいと思います。まず、脳は感情だけでなく体の動き自体を司っている司令塔です。こうして今考えながら話しているのも、怒ったり笑ったりするのも、お腹が減ったり眠くなるのも、手が動くのも足が動くのも、全ては脳の作用であり、脳を欠けば人間は物言わぬ人形になってしまう。こうした見地に立つと、魔法を扱う際に重要なイメージの部分は脳が担っていると言うことができます。魔法の生成には脳の働きが関与しているという逆説が成り立つ訳です」

俺はそこまで喋って、ひとつ息をついてから更に続けた。

「ここまで来て俺はひとつの仮説を立てました。もしかして魔法は、俺たちが筋肉を動かしているのと同じ理屈なのではないか。つまり【ごく微弱な電気信号】が、魔法が思い通りに動くタネなのでは、と」

「ん、ん。すまん途中まではなんとなく理解できたんだが、最後の部分が分からない。デンキシンゴウ……？」

「今回の場合は、脳からの命令を体の各所まで行き渡らせるための見えない伝令役、と考えてもらえれば結構です。たとえば【右小指を少し曲げる】なんていう繊細な動作が苦もなくできるのは、伝令システムが優秀だからです。あとはこの話を体の外に広げてあげさえすればいい。人々は筋肉ではなく魔素という目に見えないものを媒介にして、イメージの伝達を、一定の範囲に限り体外に延長している。魔素は伝令を受けて、思い通りの形に変容する」

「空中の見えない筋肉を操っているようなものという訳か？　指が動くという部分が、それぞれの属性の魔法に分岐をしていると」

俺は深く頷いた。

「言いたい内容が伝わったようで安心しました。今のところ、これは突飛な思いつきの域を出ていません。現時点では全く見当違いの仮説かもしれないんです。ただこの説のありがたいところは、電気信号が介在しているのであれば、観測の余地があるかもしれないという点なんです、と、少し失礼しますね」

「？」

俺は不思議そうな表情のダミアンを横目に立ち上がり、ソファの横、レンガ造りの壁に手を当てた。ひんやりとした感触が手のひらをくすぐる。

「ダミアン様、この壁の向こう側に魔法を展開することは可能ですか？」

質問の意図は伝わっていないだろう。

しかしダミアンは余計な口を挟まずに、俺の質問に対しての答えを探した。

「壁を傷つけずに？」

「はい」

「ならば無理だな。いずれの魔法でも壁への影響は免れないだろう」

ダミアンは即答する。

その通り、魔法を使う際には手のひらの先に魔素を操るための空間が生まれる。そこに障害があるとうまくいかないというのが、感覚的にも実際にも事実だった。

「しかし、よくよく考えればこれはおかしいような気がします。空気中には魔素がある。でもレンガの中にも、間を埋めるモルタルの中にも魔素はあるはずです。魔素に干渉しているのであれば壁の向こうに魔法が出現しても不思議はないように思うのですが」

「ふむ……、しかし、できないものはできないからな……。あ、待てよ、レンガの壁は無理だが過去に例外があったのを思い出した。鉄の鎧（よろい）だ。騎士の鎧を突き抜けて内部に火魔法を生じさせた魔術師を見たことがある。意図してではなく、偶然だったようだが……」

「あ、それです、それ！」

向こうから具体例が出てくるとは思っていなかったので俺は少し驚いたが、実戦経験豊富なダミアンならばそういった場面に遭遇しているのは不思議ではない。くわえて喜ばしいことに、その例は仮説に反するものではなかった。

俺は一度壁から手を離し、テーブルの上の銅板を手に取った。

「厚さは壁には足りませんが、感覚的にはこの銅板越しに魔法の発現は難しい……はずですよね？」

「ああ、そうなる……」

「では実証実験に移りましょう。俺が持っているので、手のひらを当てて板の向こう側に魔法を形成してください。属性は火属性以外ならなんでもいいと思います」

「う、うむ」

ダミアンは戸惑（とまど）いながらも、言われた通りに、銅板に右手をあて魔力を込める。

するとやや間があってから、銅板の向こうに小さな水の球が浮かび、緩やかに回転をし始めた。ダミアンは無言のまま驚きの視線を俺に向けるが、これではまだ確証には至らない。俺は仕事机の脇に用意していたもうひとつの板を取り出す。銅板よりもはるかに薄いガラス板である。

「これで同じようにお願いします。厚さだけを見ればこれでも同じようなことができそうですが――」

しかし今度は、水の球は生まれなかった。俺は二つの板を、テーブルに並べて置いた。

「色々と原因を考えてみましたが、やはり一番可能性が高いのは電導率の差。銅は電気をよく通すのに対して、ガラスは絶縁体。そしてその違いが魔法の発現にも作用している。つまり、魔素は電気の影響を受ける。言うとなんとなく地味ですが、俺の中では極めて大きな発見です。本来脳から発せられる電気信号とはごくごく微弱なもので、銅を通り抜けるほどのものではありません。なので体外に放出されるまでの過程でおそらく電気が増幅されている、空気が絶縁体である以上、魔素そのものがそうした性質を有していると考えるのが妥当でしょう。そもそもの発端として重力の干渉を必ずしも受けないはずの空気中に満ちている魔素が、なぜ外方向へ吹き飛んでいかないかが不思議だったんです。しかしもし電気に影響されるのであれば、地磁気などの影響で留まっているという可能性が生じる。この事実が真なら、今までの魔法研究の内容もかなり補完が――」

「うむ。言っている内容が全く理解できなくなってしまった。戻ってきてくれ」

「はっ――、す、すみません」

俺はいつの間にかダミアンに迫り、熱弁していたことに気付いて、慌てて身を引いた。

「一旦私にも分かるように話をまとめて欲しいのだがな。そもそも初めは光魔法について、という話だったたと思ったぞ?」

「そうですね。えーと、端的に言うと魔法を自在に操れるのは『脳からの信号を電気によって体の外に発しているから』、また『魔素は微小な電流、あるいは電磁気の影響を受けている』という仮説が成り立ちます。これなら光魔法について説明する方法が生まれるんです……。ここからは光魔法の生じる過程について、ダミアン様のお力を借りながら検証していきたいと思います」

「よかろう。その前にだ、ローレン」

「はい」

「一度マドレーヌに紅茶を頼もう。君も喉が渇いたはずだ」

ダミアンはそう優しく微笑むと、ドアの外についた呼び鈴を鳴らしたのだった。

○

前の世界にも物体を浮かせる方法なら無数にあった。

たとえば浮力、たとえば揚力、たとえばイオンクラフトなどなど……。

しかし物質を上下左右に固定するという『座標固定』となると話が別だ。これを実現できるとすれば電磁気に限られるだろう。

科学研究分野の中に、超伝導という分野がある。

俺自身の記憶もおぼろげなので細かな説明は省略するが、磁場の中に置かれた超伝導体と呼ばれる物質に、磁場を通す部分が混じっていた場合、物質は逃げ場を失い空中に固定されるという現象が実際にある。『ピン止め効果』と呼ばれるものだ。言ってしまえば、めちゃくちゃ冷やした金属が、磁力の影響でそこからうんともすんとも動かなくなる不思議現象なのだが、日常生活でお目にかかる機会はほぼないし、学校で習うようなものでもない。少なくとも俺はなかった。

さて、問題はこのピン止め効果がどうこうではなく、そういう科学現象が実際に観測されていた事実の重要性である。この効果に近い現象がこの世界の魔素に起こっていれば、空中に生じた壁が盾になり、それを蹴り上げて飛ぶことも可能ではないかと思ったのだ。

そこに、魔素が電流の影響を受けるという先の仮説が首をもたげてくるわけだ。電流の影響を受けていれば、電磁気に類似した性質を獲得する可能性はある。鉄製品が影響を受けていないことを考えれば、ピン止め効果と全く同じ現象が起こっている訳ではないのだろう、しかし似た現象が起きている可能性は否定できない。

○

【実験結果　メモ】

I.　①　光魔法の性質について

【特性】

空気中に強固な立方体を生じさせ、座標に固定する。⇩移動不可（キューブを前方に射出して攻撃、などはできない）。前方からの衝撃に対して、反作用を生じさせる。魔力を注ぎ続ける限り維持されるが、途切れた瞬間に魔素に還元される。一定の衝撃に耐えられなくなった場合は、砕け落ちた部分のみが魔素に還元される。


【見た目】

ガラスやアクリル板に近く透明度は高い。かすかに発光している（光魔法と呼称されているのはこのため）。光魔法が厚くなるほど透明性は低下し、淡く濁ったような見た目になる。


【感触】

手で触れることができ、感触はアクリルに近い。


【硬度、衝撃耐性】

前述した要素に比べ、術者による差が最も生じるのが硬度である。また、同じ術者によっても試行ごとに変化が生じる為、正確な硬度を測る必要性は低い。

また、砕け落ちた部分が魔素に還元され試験片の用意は難しい。

⇩ダミアン・ハートレイ氏の協力により限定的な硬度実験に成功。

圧力負荷は、現状用意できる万力では上限値を確認できなかった。

また、この段階において光魔法の最小単位が発覚。

⇩一片の長さを五センチ以下にしようとした場合、形成に至らない。(氏の魔術師としての見識、能力を鑑みてもこれ以下の縮小化は困難と思われる。未確定の情報の為、要調査)

衝撃を吸収する柔軟性も有しており、金づちで叩いても欠損は見られなかった(叩いた時の音は『ガン』ではなく『ボン』)。

⇔対して、ナイフで突くと先端の触れた部分が光に還元され、壁が一部欠けた状態になる。局所的、瞬間的な衝撃に弱い傾向にある。また、光魔法の基本形状は立方体。

正面、側面、裏面、いずれも硬度や性質に差は確認されなかった。

I.② 荷重による影響を確認するための実験

方法：生み出した光魔法の上に立ち、荷重をかけたうえで持続時間を検証
予想：荷重を支えるためのエネルギー消費の為、持続時間が低下する。

結果：光魔法を通常状態で維持をするのは両者ともに十分が限界
　⇩荷重がかかることによる持続時間への変化はなし。

Ⅱ．エネルギーの逃げ場についての考察

　光魔法で生じたキューブに薄い布をかけ、衝撃を与えてみると、側面から生じた風により布が膨らんだことから、与えたエネルギーは壁面を流れてキューブの外に逃れていくと考えられる
　⇩これは風が生じたというより、内部の魔素が外部へ弾き飛ばされた為ではないか。
　　この時キューブから漏れた魔素は光に変質し、霧散。

Ⅲ．①　生成過程についての実験

方法：部屋に煙を満たして生成過程を確認。
（空中を流れる煙は、光魔法の内部には干渉しない。動く煙の中に透明なキューブ状の
　空間が生まれ、視認性が上がる）
観測結果：

1．空気中の魔素が中央に集約。
2．その後、全体の体積が小さくなり、立方体状の結晶と呼ぶべき性質が生まれる。
この時本来その空間にあった煙は凝縮の段階で結晶内に取り込まれる。
※上記、1、2の順序で光魔法は形成されることが、二人とも同様に確認された。
⇩煙が結晶内に取り込まれたことから、光魔法は外側から結晶化している可能性が高い。
これが純粋な魔素の結晶なのか、それとも空気中の別物質を結晶化させているのかまでは、現時点で断ずることができない。

Ⅲ．② 形状変化について

・Ⅰにて触れたように、極端に小さい形成は不可能。
・右記の限りであれば、多角形、球状、棒状の光魔法が生成可能（ダミアン氏はできたが、自分にはできなかったことを付け加えておく）。
・右記以上の複雑な形状の形成は不可能。
⇩空間を圧縮して結晶体を生成していると考えると、複雑な構造が結晶たりえないということには筋が通る。

Ⅳ．現段階での仮説

『光魔法とは魔素が圧縮され結晶化し、その場に固定されたものである』というのが、現段階での有力説となった。

※追記（この結果を経てもうひとつ連想したものがある。セイリュウの宿っていた水晶の球だ。セイリュウ曰く魔力が多分に含まれたそれは、もしかして光魔法の原理の先にあるものではないか？　⇩保留）

○

「――ごほっ、ごほ。ローレン、いい加減窓を開けていいか？　頭がクラクラしてきた」

「そ、そうですね。げほっ。確認したいことは確認できたので、ごほ、もう大丈夫です」

「よし」

俺たちはそう言うと、手分けをして窓を開け始める。すると室内に滞留していた大量の煙が外に流れ、逆に新鮮な空気が流れ込んできた。

俺は窓から外に顔を出して、口元の布を外し大きく深呼吸した。空を見上げれば気持ちの良い夕焼け空。肌をなでるひんやりとした空気が気持ちいい。

「はあっ――、生き返る」

今回の実験では、ダミアンの協力もあり、多くの情報を得ることができた。

さらに良かった点としては、光魔法の生成過程を改めて検証をして得られた事実が、ダミアンにとっても新鮮に映ったらしいということだ。途中、彼女が呟いた「魔法は法則によって成り立っているとは、こういうことか……」という台詞は、やけに印象的だった。ヨハンが科学的思考を段階的に理解したのと同様のことが、きっとダミアンの中でも起きているのだろう。

今までの研究を振り返ってみて改めて実感する。

本の中に生きた魔法はない。

生の人間が生み出した、生の魔法こそが真実だ。

そういう意味で、今の環境は悪くない。生徒たちの日々成長していく生の魔法は様々なインスピレーションをもたらしてくれるし、周りの人々も協力的だ。しかし、それもいずれは限界が来るのだ。結局はここも閉じた空間で、本当にこの世界の魔法のことを知りたいと考えれば、この屋敷でいつまでも半引きこもりを続けていても真の研究は叶わない。

外に、出なければならない。そして見地を広げなければならない。

つまりは、いつまでも背後を気にしていては前には進めないということだ。

そこへ――、

「なんの騒ぎですの、これは！」

部屋の扉から、血相を変えたマドレーヌが飛び込んできたので俺たちは驚いた。

マドレーヌは少し息を切らし、手には水の入ったバケツを持っている。

「あっ、やべ……！」

窓からもうもうと煙が立ち上っているのを部屋の外から見れば火事に見えて当然だという事に、遅ればせながら気づいた。マドレーヌは窓際で呑気に黄昏（たそが）れている俺とダミアンを見つけ、怪訝そうに眉を顰（ひそ）めた。

「ローレン様……、何をしていらっしゃるのでしょう。こうなった経緯を、説明をしていただけますか？」

「あ、っと……、いえ少しその、実験をですね」

「実験……？」

マドレーヌは持っていたバケツを脇に置くと、ゆっくりとした歩調で部屋に歩み入ってくる。俺はお小言モードの気配を察知して思わず後ずさりをする。するとダミアンが慌てて俺に加勢した。

「いやいや、いいんだ、マドレーヌ。魔法研究に必要な工程だったんだ。この実験のすべてに私が立ち合い許可している」

「いくらダミアン様が許可したからといっても、私どもにも言っておいて貰わなければ困ります」

「私がいいと言っているのだからいいに決まっているだろう。ここの家主だぞ」

「そんなの関係ありませんわ。通行人の方が火事だと勘違いして、大ごとになったらどうするおつもりなんですの。ご自身が王都最高魔術師という立場であることをもう少しご自覚ください。ローレン様、研究内容について口出しをするつもりなどはありませんが、今後実験の規模が大きくなる際は、まず私に一言下さいませ。よろしいでしょうか？」

「あ、はい。すみません」

俺がひとつ頭を下げると、マドレーヌはにこりと微笑んだのち、部屋の換気と片付けを手伝い始める。しかし部屋の奥で一人首を傾げているのはダミアンであった。

「なあ、ローレン。今あのメイド、私が家主だと言ったら関係ないと言わなかったか……？　こんな言われようが許されるだろうか。これでは私の威厳というものがだな……」

「大丈夫ですわ、ダミアン様。ナラザリオを発つ時にはもう既に、威厳なんてないに等しかったですもの」

「そ、そ、それは何が大丈夫なんだ？　むしろ大問題な気しかしないが！」

「人様のお屋敷の裏庭で吐いているのを見られた時点で、威厳を保とうだなんて考えることがちゃんちゃらおかしいのですわ」

「おい待てマドレーヌ！　屋敷の庭では吐いてない!!　私はちゃんと敷地外で吐いたぞ!!　事実を歪曲（わいきょく）するな!!　なあ、ローレン!!　この毒舌メイドに何か言ってやれ!!」

「屋敷の外までは俺がおぶったんですけどね」

「あー!!　そうだった!!　もうダメだ!!」

ダミアンは顔を赤くしてその場に蹲（うずくま）ってしまったが、マドレーヌと俺は特別気にすることもなく、部屋の片付けに取り掛かるのだった。

○

「――水魔法と光魔法の複合？」

セイリュウが大きな声を出したので、俺は反射的に辺りを見回してしまう。

王都の一角に設けられた公園は、噴水を円状に囲う広場のような場所だった。その横を、忙しそうに王宮方向へ向かう人々や、絢爛（けんらん）な造りの馬車などが通り過ぎていく。追いかけっこをする子供たちが、小さな水の弾をぶつけあって笑っていた。後ろを振り返ると、少し離れた背後で控えているオランジェットの姿が見える。俺は今――、ダミアンの許可を得て散歩に来ているのだ。

ダミアンの協力を得て光魔法実験をとりおこなってから一週間。

研究資料の取りまとめが一段落して、俺が散歩に出かけたいと申し出た時、ダミアンはひどく驚いた顔をしていた。明確な用事もないのに外出したいと言うのは初めてだったからである。一瞬何か聞きたそうにしたが口にはせず、そのかわりに一言「ゆっくり陽を浴びてくるといい」と微笑んだ。この四ヶ月間ずっと外出は控えるべきと考えていた俺自身、一体どういう心境の変化なのか不思議だった。研究が一段落したからといって、別に状況は変わっていない。

ただ久しぶりに部屋から出て、初春の風を感じた瞬間ふと、王都の営みを見たいと思った。そんな気まぐれを許せるくらいの余裕が、いつの間にか生まれていたのだ。

「――ねえねえ、どういうこと？　複合って？」

セイリュウが、狭い額を寄せる。改めてこちらを気に留めるような視線がない事を確認してから、俺は答えた。

「この世界の人々は誰しもが、どの属性の魔法も扱える素質を持っている、という考えは以前にも話したことがあったと思うが、これは別に人間の可能性だけを示唆した論ではない。魔法自体も、もっと柔軟に考えるべきだ。四ヶ月前のあの襲撃事件の時――」

俺はそこで背中に手を当てる。傷は完全にふさがっているが、触るとわずかな凹凸が感じられた。

「改めて聞くが、あの事件で俺が生き延びたのは、お前のおかげなんだろう？」

「まさしくそうだよ」

何度目か分からない問いに、セイリュウは自慢げに胸を反らす。

「その時にお前は何をしたんだ？」

「ロニーの体の中に、ボクの魔力を注ぎ込んだんだ。正確に言えば水晶の魔力だけど、でも、あれがなければロニーは今ここに立っていないんだよ。はい、お礼お礼」

「ありがとう助かったよ」

「むふー」

繰り返し聞いた内容だが、世界が魔素の流れと映るらしいセイリュウの言は俺にはまだ理解しがたく、やはり精霊の奇跡と呼ぶべき事象に思える。

しかし、理解できる部分から順番に紐解いていくことはできる。

俺はセイリュウの祠に辿り着く前に、自分自身の傷を塞いだ。あの応急処置がなくても同様に俺は生きていないはずだ。そして、今ならこのことに一歩進んだ説明ができるのではないか。

「俺は背中を刺されたあの時、血を止めるため必死で壁を生み出そうとし、成功した。あれは光魔法だったのではというのが、王都に来てからの研究の発端だった訳だが、今回検証をしてみた結果、単純に光魔法と断ずると違和感が生まれることに気付いた」

「ほほぉ？」

「光魔法は透明な結晶をその座標に固定する魔法。傷口を一時的に塞ぐことはできても、俺が動けば意味がない。ならば、俺があの時やったのは光魔法の前段部分の凝縮——、つまり、血に働きかけ人工的に瘡蓋を生み出したんじゃないか？」

「それが、水魔法と光魔法の複合だってこと？」

「そうとも言えるんじゃないかと思ったってことだ。血液に働きかけ、押しとどめ、圧縮して血小板の壁を作った。現時点では突飛な発想だが、一考の余地はあると思う」

セイリュウが「うーん！」と感心するように唸りながら、わっかを作ってくるくる回った。

「もしそうなら、またまた大発見なんじゃないのかい？　自らが死に瀕したことによって編み出した治癒魔法――、これを本にしたら大ヒットだよ」

「…………」

「あれ、どうしたの？」

「いや……」

確かに大発見なのかもしれない。この魔法がメソッド化されれば救われる命があるかもしれない。しかし、この発見は本当に俺のものなのだろうか。今まで誰にも発見されなかったのだろうか。同じ境遇で、同じ発想に至った者はいなかったのだろうか。

確かに俺は人体の構造を正しく把握していた。体内をどういった血管が走っているのか、どれだけ血液が失われれば死に至るか、そして、血液の中の血小板が凝固するメカニズムを知っていた。何より水魔法内の分子を停止させるという発想を得ていた。だから、実現しえたのか――。

いいや、そんなはずはない。俺は自分自身をそこまで特別とは思えなかった。死に瀕した時、人間は驚くべき力を発するし、どこまでも残酷にもなれる。体内の魔素操作……。俺は、殺し屋の連中が何を行っていたかを想像して、頭を振った。

「何にせよ、これもまだ公表できる段階にはないだろう。時が来るまでは、今しばらくの用意が必要だ」

「時が来るまで、ね」

セイリュウはすっと俺から離れ、そしてペンダントの周りをくるくると楽しそうに旋回した。

「いーいさ、どこまでも付き合うよ。ここが、今のボクの居場所だもの」

「あんまりうるさいと放り捨てるからな」

「ねえ、ボクが精霊で、命の恩人だということを、もう一度よく思い出してよ？　あり得ないからね？　そんなことする人いないよ？」

「常識的な発想にとらわれないことが、科学の第一歩なんだ」

「それって倫理観捨ててもいいって話じゃないよねえ、絶対。どこに捨てても聞こえるくらいの大声で泣くからね。いいかい、ボクの声量をなめるなよ」

「分かった分かった」

俺は立ち上がり、大きく伸びをした。セイリュウが肩に乗っかり、俺の真似をする。

「さあ、そろそろ屋敷に帰ろうか」

「うん」

雲が切れ、ちょうど俺たちの頭上に日差しが降り注いだ。
遠くから大聖堂の鐘の音が響いていた。

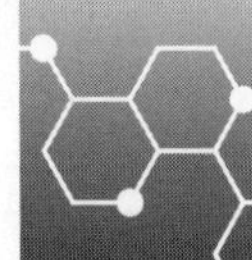

特別書き下ろし短編　猫とメイド

「野良猫ですか？」

俺が横を見上げると、ダミアン邸メイド長のマドレーヌが頷いた。

「ええ、ローレン様の部屋からは聞こえませんでしたか、夜中にどこからかミィミィという鳴き声がするのですわ。子猫のような小さな声ですが、一体どこから聞こえているのやら」

昼下がり。

ダミアン邸の食堂には春の柔らかな陽光が差し込んでいる。屋敷の主人が王宮へ出向いているので、広い食堂には二人だけだ。俺はテーブルのカップに食後の紅茶が注がれるのを眺めながら答えた。

「さあ……、気付きませんでした。いつからです？」

「一週間ほど前からでしょうか」

俺はうぅんと唸り、改めて心当たりがないかどうか思い出してみた。魔術の研究を進めている関係で夜遅くまで起きていることは多い。一方、資料に没頭して、いつの間にか時間が恐ろしく過ぎているということもざらなので、周りの音に注意をはらえているかはまったく自信がなかった。

「一週間も前からということは、住みついている可能性もありますね。庭に忍び込んでいるなら授業の時にでも気づきそうなものですが」

「床下が怪しいと睨んでいるのです。これで蓋を開けてみたら猫の大家族がごきげんようなどとなれば……、想像しただけで恐ろしいですわ」

「たしかに、衛生的な問題もありますからねえ」

俺がそう頷くと、マドレーヌはきっぱりとした口調で言った。

「いいえ、私が猫が苦手だからですわ」

「──えっ」

「何を考えているか分かりませんし、それに飼い主に懐かない生き物でございましょう。私はもっと忠誠心がある、犬のような生き物の方が好きなのです」

「へ、へえ……」

マドレーヌさんも主人に散々な振る舞いをしている──、と言いかけて、俺は危うく言いとどまった。ポットの紅茶を頭からかぶせられそうな予感がしたからである。

「ローレン様は、猫はお好きですの？」

「ええ、犬も猫もどちらも好きですよ。昔親にしつこくねだったこともあります。アパートがペット禁止だったので叶いませんでしたけど」

「ペット禁止？」

マドレーヌが不思議そうな顔をした。俺は数瞬遅れて、自分がおかしなことを言ったと気付いた。

「母が――、アレルギーだったんです。動物が近くにいるとくしゃみが止まらなくなって」

「左様でしたか、それは残念でございました。しかし、申し訳ありませんが当家でも猫は容認できないのです。犬ならば構いませんが、猫はダメです。断じて」

「……それは、ダミアン様の裁量ではなく、マドレーヌさんが苦手だから？」

「はい」

淀(よど)みなく肯定するマドレーヌに俺はいっそ感心しつつ、紅茶を飲み干して、席を立った。

「少し気を配ってみます。見つけたらお知らせしますよ」

「それは助かりますわ」

○

ちょうど一冊の本を読み終えたところで息をつくと、もたれ掛かった椅子(いす)がぎしっと軋(きし)んだ。

窓の外を見ると、雲ひとつない夜空に満月が皓々と照り、間もなく頂上へと差し掛かろうとしている。また三時間くらい飛んでしまったらしいと呆れたところで、ふと、昼間マドレーヌが言っていたことを思い出した。

ローレン様の部屋からは聞こえませんでしたか――。

「…………」

耳を澄ませてみる。

何も聞こえない。

そもそもこの離れで寝起きしているのは俺と数人のメイドたちだけだし、朝の早い彼女たちはとっくに寝付いている頃だろう。胸元に下げた水晶も、ここ数日は大人しくしていた。

俺は立ち上がり、壁際まで寄って、窓を押し開いた。春の涼しい夜風がふうっと吹き込み、テーブルの上に重ねられた紙の端を持ち上げた。そこで――、

（ミィ、ミィ）

「！」

不意に聞こえた猫の鳴き声に、俺は思わず身を乗り出した。月明かりに照らされた、真夜中の裏庭に視線を走らせる。声はかすかで、どこかくぐもっている。きっと声との間に壁があるのだ。しかし、それだけ距離が近いとも言える。

二階の窓から鳴き声の主を探しても埒が明かないと判断し、俺は本格的に捜索に乗り

出すため上着を羽織（はお）った。薄暗い石の廊下に出ると、鳴き声は聞こえなくなった。石の手すり越しに中庭が見下ろされ、さわさわと庭草がそよいでいるだけだ。

俺は足音を殺し、階段を下りる。

離れと母屋（おもや）をつなぐ二階渡り廊下の足元には隙間があり、中庭と裏庭が通り抜けできるようになっている。階段を下りてすぐ右を見ると母屋一階へ繋（つな）がる扉、左を見るとメイド用の寝室、更にその奥に物置用の小さな部屋があった。

やはり鳴き声は聞こえなくなったようだ。距離が遠のいたのか、一時的に大人しくなったのかは分からない。まずは離れの周りを一周してみようかと、俺は左の通路へ折れようとして——、ひゅっと息をのんだ。

足音もなく、人影がこちらへ歩いてきたからである。

向こうも同じタイミングで身を固めた。相手の方が俺よりも驚いたように見えた。背は俺より低い。肩幅などから見ても女性に違いない。使用人の誰かだろうか。

俺は闇夜の中で懸命に目を細めた。

「誰？」

そう問うと、しばしの沈黙の後、聞いたことのある声が返ってきた。

「……ローレン様、どうなさいましたか」

メイドの一人、オランジェットだった。オレンジ色の髪、きりっと細い目元、まっすぐに結ばれた口元。以前、精霊教会大聖堂へ赴いた際にお付きに任じられた、無表情で無口なメイドである。最近聞いた話だが、実は俺と同い年らしい。

「オランジェットこそ。こんな時間に起きてたら、明日に差し支えるだろ」

そう言ってから、屋敷の誰よりも遅く起きる俺が――、しかも居候の分際で、随分と偉そうなことを言ってしまったかもしれないと思った。しかしオランジェットは表情を変えず、小さく頭を下げた。

「お屋敷の見回りから戻ったところでございます」

「見回り？　……そうか、そんな仕事もあるんだ、お疲れ様」

「いえ」

「戻ったっていう事は、これから寝るところだね？」

「はい」

短いやりとりが終わり、なんとも言えない沈黙が流れる。

しかし、いくら待ってもオランジェットが動く様子がない事に、俺は首を傾げた。彼女の寝室はすぐ横の扉のはずだ。にもかかわらず、じっとこちらを見つめたまま動かない。そこをどいてもらわないと、俺は通路の奥へ行けないのだが。

「は、入らないの？」

耐え切れずに俺が聞くと、オランジェットはかすかに眉を動かして、どこか絞り出すような風に言った。

「ローレン様は、どちらかへ、御用なのでしょうか」

「いや、別に用ってほどのことじゃない。夜の散歩みたいなもので――」

（ミィ）

その時、また鳴き声が聞こえた。さっきよりもはっきりと、近くから。

俺は今度こそ出所を見失うまいと、声がしたはずの方向を睨む。

「とにかく心配いらない。じゃあ、おやすみ」

そう半ば強引に会話を打ち切って、オランジェットをよけ、廊下の奥へ身を進めようとした。しかし、オランジェットが半歩身をずらしてそれを阻止したので、二人は再度見つめ合う格好になった。

「……えっと、通れないんだけど」

「…………」

オランジェットは答えない。

足元を睨み、視線を俺と合わせようとさえしない。ただ無言で、道を塞いでいる。

俺がそれまでオランジェットに抱いていたのは、ロボットのようにもくもくと仕事をこなし、メイド仲間とでさえ無駄話をしない、寡黙（かもく）で近寄りがたい印象だった。正直、そんな彼女の予期せぬ行動に驚きを隠せない。しかし同時に、ひとつ思い付いたことがあり、俺はそれを試してみることにした。

「猫」

「…………っ」

彼女の肩が震える。

ぎくっ、という効果音が彼女の背後に見えるかのようで、俺の予想は早くも確信に変わった。

「使用人部屋」

「…………」

肩がわずかに下がった。

どうやら外れらしい。ならば――、

「奥の、倉庫」

「！」

オランジェットが目を見開いた。他の人ならば細やかな違いだが、彼女の場合はそれで十分だった。

「なんとなくおかしいと思ったんだ。見回りが終わった所のはずなのに、廊下の突き当りからこっちへ歩いてきただろう？　母屋の方から出てくるなら分かるけどさ。しかも、明かりも持たずに」

「そ、それは、今日は満月で明るいので……」

オランジェットは咄嗟に言い訳を取り繕おうとする。その必要はないと、俺は首を振った。

「マドレーヌさんから聞いたんだ。一週間前から猫の鳴き声がする、屋敷の床下に忍び込んでいるかもしれないって。……まさかオランジェットが倉庫に匿ってたとは思わなかったよ」

マドレーヌさん、という単語にオランジェットは再度肩を震わせた。そして、一度瞳を閉じてから、諦めたように右手を差し出した。その手には鍵束が握られていた。

俺はそれを受け取り、廊下の最奥にある小さな木の扉を開く。二畳ほどの手狭な倉庫には、掃除道具や庭の手入れ器具が詰め込まれていた。オランジェットが右手にある高い棚を指さす。背伸びをして棚の上の方を覗き込むと、灰色の毛布が丸めて置かれているのが分かった。

「タルト、私です」

オランジェットが囁くように呼ぶと、「ミィ」という鳴き声を上げて、丸い小さな目玉が二つ、こちらを覗いた。生後四ヶ月ほどの大きさの茶色の子猫だった。オランジェットが言う。

「……右足に、怪我をしていたのです」

「怪我？」

聞けば、居住地区へ買い物に行った帰り、外壁沿いの茂みの中で鳴いているのを発見した。泥に汚れて、自力では立つこともできず、やせ細っているのを見るに堪えなかった。せめて怪我が治るまでと思って屋敷に連れ帰った――、のだそうだ。

オランジェットは無言で、俺の反応を待っていた。無表情の彼女からは感情の機微を察することはできなかったが、マドレーヌに報告が行き、自分は説教を食らい、タルトはまた路傍に捨てられてしまうのだろうと悲嘆に暮れている……、ような気がした。少なくとも俺にはそう見えた。

確かに一使用人が、動物を邸内に連れ込むこと自体は、褒められた行いではないのかもしれない。しかし――、

「大丈夫だよ、この屋敷に怪我をした子猫を捨てるような人はいないから」

○

結局、タルトはこの屋敷に留まることを許された。どころか、オランジェットの使用人室に囲いつきのベッドをもらったのだから、待遇は向上したと言えるだろう。

マドレーヌには俺から成り行きを説明した。オランジェットの行動に驚きこそしたものの、タルトの面倒をしばらく屋敷で見る事自体には、母屋に入れないことを条件に、すんなりと許可を下した。彼女はむしろ、別の事でオランジェットを叱った。

「貴女は私のことを、そんなに血も涙もない人間だと思っていたのですか。初めからちゃんと報告をして、倉庫などに隠さず、清潔な状態で手当てを受けさせるのが一番に決まっているではありませんの。まったくもって、大馬鹿者です」

「申し訳ありません」

俺はそんな二人のやり取りを、食堂のテーブルから遠巻きに眺めていた。他のメイドたちがその横を、笑いをこらえるような表情で通り過ぎていくのが分かった。

と、そこで食堂の扉が開かれ、深紅（しんく）の髪の美麗な女性が入ってくる。屋敷の主人たる、ダミアン・ハートレイである。

「おはよう、ローレン」

「おはようございます、ダミアン様」

ダミアンは俺の真向かいに座り、テーブルの上のティーポットから紅茶を注いだ。

「今日は王宮での仕事はお休みでしたね」

「ああ、かわりに魔術教室があるからな。ところで――」

ダミアンが好奇心に満ちた表情で、ぐっと身を乗り出して言った。

「屋敷の床下かどこかに、猫が忍び込んでいるという噂（うわさ）があるんだ。知っているか？」

16年間魔法が使えず落ちこぼれだった俺が、科学者だった前世を思い出して異世界無双 2

あとがき

この度は、本書を手に取っていただきありがとうございます。ねぶくろと申します。皆様のおかげでなんとか第二巻を発売することが叶い、ロニーの冒険がまたひとつ進んだことを、心から嬉しく思っています。

さて、科学部分も無双部分もなかなか顔を出さず、タイトル詐欺説がますます濃厚になっている本作ですが、第一巻の最後に不穏な動きがあったとはいえ冒頭からかなりの急展開になってしまい、驚いた方もいらっしゃるかと思います。他ならぬ作者自身も、本の前半分と後半部分の寒暖差で風邪をひきそうだ、これを書いた奴は間違いなく根性がひねくれているという感想を抱きました。波乱万丈でしたね。

しかし、こういった形で主人公が生まれた土地、そして今までの自分と決別するのは構想段階から決まっていたことであり、一種の通過儀礼的な意味合いもありました。強大な力を得ても無敵になったわけではなく、杖を取り上げられれば、人間はひどくか弱く情けないものだ。そして、それは現代人たる我々も同様です。スマホで情報を得て、車で遠くへ出かけることができても、賢くなったわけでも足が速くなったわけでもない。逆に言えば、小さな科学の積み重ねで、はじめて人は人足りえている……のかもしれません。

ゆえに、ロニーが主人公たる所以（ゆえん）は、常に考え続けるマインドにあり、命の危険に見舞われても、絶望的のどん底でも、環境が大きく変わっても、『目の前の現象を解き明かしたい』という欲求が彼の行動原理となっています。いささか詰めの甘い性格にもつながっているわけですが、そんなところも含めて彼の人間臭さなのかなと思います。完璧な主人公は、既にたくさんいますからね。

さて、長々と駄文を連（つら）ねて参りましたが、本作に登場したキャラクターたちの生き様がどのように映ったのか、それは読者様方の見た姿が全てです。願わくば、一部でも心動く場面があったのならば、作者にとってこれ以上の幸せはありません。

最後に、本作の執筆に当たり多大なご助力をいただきました編集のI様。キャラクターたちを愛し、作者のイメージを遥かに超える素敵なデザインを与えて下さったイラストレーターの花ヶ田（はながた）様。前作に引き続き惜しみない協力をくれた友人一同、ここまで目を通してくださった読者皆様に、尽きることのない感謝を申し上げます。またいずれかの本で再会できることを願っております。それでは。

ねぶくろ

ひきつづき
"16年間"をよろしく
おねがいします。
花ケ田

■ご意見、ご感想をお寄せください。……………………………………………………

ファンレターの宛て先
〒102-8177　東京都千代田区富士見2-13-3　ファミ通文庫編集部
ねぶくろ先生　　花ヶ田先生

FBファミ通文庫

16年間魔法が使えず落ちこぼれだった俺が、科学者だった前世を思い出して異世界無双2

1805

2022年3月30日　初版発行

著　者　ねぶくろ
発行者　青柳昌行
発　行　株式会社KADOKAWA
〒102-8177 東京都千代田区富士見2-13-3
電話 0570-002-301（ナビダイヤル）
編集企画　ファミ通文庫編集部
デザイン　株式会社コイル
写植・製版　株式会社スタジオ205プラス
印　刷　凸版印刷株式会社
製　本　凸版印刷株式会社

●お問い合わせ
https://www.kadokawa.co.jp/（「お問い合わせ」へお進みください）
※内容によっては、お答えできない場合があります。
※サポートは日本国内のみとさせていただきます。
※Japanese text only

ISBN978-4-04-736932-0 C0193

定価はカバーに表示してあります。

賢者の孫15

和気藹々な乙女たち

著者／吉岡 剛
イラスト／菊池政治

既刊 1～14巻好評発売中！

王妃エリザベートに命の危機!?

世界各国からの依頼で忙しい日々を送っているシンたちアルティメット・マジシャンズ。そんな中、エリザベートが王城内で襲撃される事件が発生!!　しかも犯人はアールスハイド王国の魔法師団の一員だった!?

FBファミ通文庫

エイス大陸クロニクル
~死に戻りから始める初心者無双~

著者／津野瀬 文
イラスト／七原冬雪

最強初心者の勘違いVRゲーム年代記!

友達を作らず、オフライン格闘ゲームばかりプレイしていた伊海田杏子。彼女はある日意を決してVRMMORPG『エイス大陸クロニクル』をプレイしてみることに。ところがログインした彼女が降り立ったのは、何故か高レベルのモンスターがひしめくダンジョンで——!?

FBファミ通文庫

彼女できたけど、幼馴染みヒロインと同居してます

著者／桐山なると
イラスト／pupps

ハピエンafter三角関係

告白大会のすえ、相生夏は転校生の亀島姫乃の思いに応えた——でも、日常は終わらない。同居ルートに入っていた幼馴染みの真形兎和は、まだ普通に家にいる。しかもようやく自分の気持ちを自覚したという兎和は、むしろフルスロットルでイチャイチャをしかけてきて——。

FB ファミ通文庫

わたしを愛してもらえれば、傑作なんてすぐなんですけど!?

著者／殻半ひよこ
イラスト／ハム

お姉さん妖精と、甘々同棲生活!?

売れない高校生作家・進太朗が大作家の父が残した家で才能を授けるという妖精りやなさんと出会った。彼女に唇を奪われた瞬間、素晴らしい小説のアイデアを閃くが、進太朗は執筆を拒否！　りやなさんは涙目で進太朗にそのアイデアの執筆を迫ってくるのだけど――!?

FB ファミ通文庫